講演会

まともじゃないのは君も一緒

鹿目けい子

朝日文庫

本書は、二〇二一年三月十九日公開の映画『まともじゃないのは君も一緒』の脚本をもとに小説化したものです。小説化にあたり、変更がありますことをご了承ください。

目次

まともじゃないのは君も一緒

第一章　女子高生の常識と憂鬱《ゆううつ》

何が楽しいんだろう――

秋本香住《あきもとかすみ》は、そう思いながら、同級生たちの話に笑顔で相槌《あいづち》を打つ。

駅前広場にあるカフェのオープンスペースは今日も女子高生たちで賑《にぎ》わっている。この近くには男子校女子校合わせて四つの高校が点在していて、駅前広場は定番の待ち合わせ場所になっている。

学校帰り、予備校の授業までのフリータイムにここで他愛《たわい》もないおしゃべりをするのが香住たちの日課になっていた。

高校三年になって同じクラスになったサツキに声をかけられたのがきっかけで、エリカ、ユミ、ミキを含めた五人でなんとなく一緒に行動するようになった。

この女子特有の群れが、香住は正直苦手だ。昼休みの弁当も、放課後も本当は一人でも全然平気だし、むしろその方が気楽だ。しかし、女子高で普通にうまくやっていくために、周りに合わせることを選択したのだ。

商店街の祭りの話で盛り上がる他の四人の会話に適当に愛想笑いしながら、アイスコーヒーをちびちびとすする。氷が解けて薄まったコーヒーが胃の中に落ちていく感覚は、まるでゆっくりと落ちる砂時計のように感じられた。

「ねぇねぇねぇねぇ、聞いた？　西高のヤナギくん、二組のキミジマと付き合ってんだって」

話を切り出すのは決まって情報通のサツキだ。グループの中では一番のぽっちゃり系だが、スカートの丈は香住よりもずっと短い。見た目の風格同様、このグループのボス的存在だ。

「え！　まじで？　待ってあいつの可愛《かわい》さわかんないんだけど」

サッキの期待通りの返事をするのはエリカ。サッキとエリカは小学校からの付き合いらしく、黒いものでもサツキが白だと言えば白と頷《うなず》く忠誠心をエリカは持っている。

「いや、それな」

ポニーテールがトレードマークのユミがハイテンションで相槌を打つ。根は悪い子ではないけど、自分の意思がない、一番苦労するお調子者タイプだ。

「私はブスだと思ってるけどね」

五人の中で一番の美人のミキはクールな物言いでバッサリと切る。

「いや、それ！」

ユミが、ドリンクを飲む暇もなくポニーテールを揺らして頷いた。

「あーあ、電車の楽しみなくなった」

西高のヤナギに一番熱を上げていたサツキがため息をつく。

ヤナギというのは、近くの男子高に通うイケメンで、電車通学している女子たちの間で噂《うわさ》の人気者だ。

「あのブス、まじ許せないんだけど」

ユミがサツキを慰めるように、力を込めて言った。

サツキたちがキミジマをブスだと思ってもヤナギはキミジマを選んだことに変わりはないわけで……というか、ヤナギが誰を選んでもサツキたちはその相手をこうやって陰でブス呼ばわりするんだろうな。そんなことを考えながら愛想笑いを浮かべていた香住がふと横を見ると、キミジマが友達二人と一緒に颯《さっ》爽《そう》と歩いて来るところだった。

「そこにいるよブスが」

香住がキミジマの存在を知らせると、全員がキミジマを見た。

キミジマは誰が見ても一軍の美人女子だ。目鼻立ちがはっきりとした小さな顔、丈の短いスカートからすらりと伸びている足は程よく筋肉がついた理想的な形をしている。自分たちと同じ制服を着ているとは思えないほどバランスの良いそのスタイルに、全員が口をつぐんだ。すれ違う男がキミジマに目を奪われるのも納得だ。

キミジマが横を過ぎると、さっきまでキミジマを「ブス」呼ばわりしていたサッキたちは、「今日、予備校行く?」とあっさり話題を変えた。その切り替えの早さに、香住は呆《あき》れる。けどそんなサツキたちと一緒に居る自分も結局、同じ穴のムジナだ。

「ヤナギ!」

サツキたちは一斉に声の方を振り返った。

キミジマが駆けて行った先に、ヤナギが立っていた。

ヤナギは、キミジマが駆け寄って来ると、顔をほころばせた。ヤナギは横に流した長めの前髪からのぞく二重の大きな目と通った鼻筋のアイドル顔で、制服は着崩しているのに、爽やかな清潔感がある男だ。

「今日どこ行く?」

楽しそうな会話が、風に乗って途切れ途切れに香住たちのところまで聞こえてきた。

まるで少女漫画から飛び出てきたような美男美女のいちゃつきは、人の噂話ばかりで、彼氏もいない、モテない女子の集団を黙らせるには十分だった。

サツキが無言で席を立つとエリカ、ユミ、ミキも後に続いた。

香住は飲みかけのアイスコーヒーを持つと、慌ててみんなについて行った。

広場を後にしたサツキたちは、キミジマたちの姿がすっかり見えなくなってから噂話を再開した。

「あいつ、みんなに見せびらかしたいから、あそこで待ち合わせたんだよ」「ついさっき無言で白旗を上げたサツキが口火を切ると、「絶対そう」「腹立つ」「あのブスね」と香住以外の全員が一言ずつ同調した。

この同調は、女子たちにとってなくてはならない安心感なのだ。そうわかっていても、通り一遍の負け惜しみを言い合って慰め合うバカらしさに、香住は小さくため息をついた。

「みんな好きなんだよねー、ああいうのがさ、本気で怒っちゃってんのよ。わかってないよね。隣の高校とか、バイト先とか、そういう近いとこにいるような男しか見てないからそうなるんだよ」

陽当《ひあ》たりの良い予備校の個別指導スペースで、バッグから参考書を取り出しながら香住はまくしたてるように吐き出した。

「……じゃあ君は？　どういう男がいいの？」

ホワイトボードに向かって授業の準備をしていた数学講師の大野《おおの》康臣《やすおみ》が、香住の前に腰を下ろしながら訊《たず》ねる。

良くも悪くも流行に左右されない縁なしの丸眼鏡に白衣姿の大野は、いかにも塾講師の風貌をした優男《やさおとこ》だ。

大野は、数学者になる夢を叶《かな》えるために、幼い頃から勉強ばかりしてきた。未解決問題を解くことだけを人生の目標に最高峰の大学に進学したが、大学院で初めて人生の挫折を味わった。そもそも数学科を置いている大学は数が少なく、全国からそこに集まって来る連中は、自分よりもはるかに強い熱意と自信に溢《あふ》れていた。自分の能力が特別なものではないことを思い知らされたのだ。

修士課程修了後、大学院に残って博士《はくし》課程に進むこともできたが、大野は数学者として身を立てることを諦め、予備校に就職した。

「え、言ってなかったっけ？」

香住はスマホを操作して、「私はこういう人がいい」と大野に見せた。

「科学が発達するほど人間の力が問われる」

香住のスマホ画面に映し出されたネット記事を大野は読み上げた。

『宮本《みやもと》功《いさお》』というおもちゃメーカーの社長のインタビュー記事だった。

「おもちゃメーカーの社長？」

香住は照れたように頷くと、画面をスクロールして宮本のプロフィールを大野に見せた。宮本の情報をチェックするのが香住の日課なのだ。

「それだけの人じゃないのよ。テクノロジーと人間の関係が変化していく世の中で、どんな人間が必要とされるかってことを考える人」

香住は興奮気味に説明する。宮本のこととなると、つい力が入ってしまうのだ。

「……そう。じゃあ授業始めようか」

大野は香住の話に全く興味のない様子で、話題を変えた。

「これからはね、人工知能とかロボット技術がグーッてくるから、人間は何もしなくていい時代が来るわけ。そうなった時に、人間の本当の力が試されるってこと」

話を戻す香住に構わず、大野は参考書をめくり始めた。

「つまり、本当の自由が得られた時にこそ、本当の個性、どう生きるか、どう充実させるかっていう、本当の生き方が試されるってこと」

香住はスマホ画面に映し出されている『宮本功』の写真を眺めながら、立て板に水のごとく話し続けた。香住の話をBGMのように聞き流している大野のことなど、こちらもお構いなしだ。

「私たちのこれからはね。今の大人たちが生きて来た時代とは本質的に違うのッ」

大野はその言葉に反応し、顔を上げる。

「？　……何が違うの？　本質的に」

『本質的』その言葉に大野は引っ掛かりを覚えた。

大野には、物事すべてを理論で構築する癖がある。数学ではある定理に対して、数式を積み上げてそれが正しいのかを証明する。正しいかどうか完璧に判断できないものごとに関しては、疑い、解明していく必要がある。数学者になる道を諦めても、その性質だけは染みついたまま、大野の中にある。一度湧いた疑問をそのまま受け流すことができない性格なのだ。

「つまり、根本的に違うの」

「何が？」

「だから時代が」

「？　どういう時代になるって？」

「……もーセンセーと話してると、話進まないんだけど」

宮本の受け売りの知識しかない香住は答えをはぐらかした。

「その、宮本って男の人は、どこがいいの?」

「……新しい生き方を提案してるとこ」

「どういう?」

「今までとは違う生き方!　日本語わかんないの?」

「日本語はわかってるよ。……ただ具体がないから」

「……」

香住はイラっとして、口をつぐんだ。すぐにこういうことを言うのが大野なのだ。具体例とか、数量とか、根拠を求める。女子高生の、なんとなく雰囲気で察してポンポンとキャッチボールするような会話に、いちいち理屈を求める。

「そういえばヨコヤマさんに男できたみたいだよ」

ペンケースを開けながら、今度は香住が攻めに転じた。

「……そう」

「こないだ車で迎えにきてたから。悲しい?」

勝ち誇ったような口調で香住は聞いた。

「なんで？」

大野は強がるでもなく、純粋に問う。

「え、前付き合ってたんでしょ？」

すこし前に、卒業生のヨコヤマさんという女子大生が大野と一緒に歩いていたという噂が流れた。直接話した事はないが、ヨコヤマさんが大野にしょっちゅう質問に来ていたことは香住も知っていた。その時の顔が、女の顔だったことも。

「ご飯食べに行っただけだよ。もう授業始めていいかな？」

「ご飯ってどこに？」

今度は香住が聞き返した。

「『先生がいつも行ってるところに行きたい』って言うから、近所の定食屋に」

大野は至極当然のことのように答えた。

「『いつも行ってるとこ』ってそういう意味じゃないでしょ？」

香住はぞっとしたような表情で言い返した。

「……『そういう意味じゃない』？」

大野は香住の言葉をそのままなぞって聞き返す。

「いやいや『いつも行ってるとこ』っていうのは、先生が毎日ご飯を食べているような定食屋じゃなくて、友達とかと飲みに行ったりするようなとこ」

「『友達と飲みに行く』？」

相手の言葉を繰り返すのは、大野の癖なのだ。

「だからもうちょっと説明すると、『先生っていつもこういうところで飲んでるんだー』とか言いながらさ、大人の雰囲気を味わえるようなとこ」

これだけ説明すればわかるだろう、香住は大野の目をじっと見た。

「その食堂、大人しかいない店だよ」

わかってもらえなかった。

「なんでデートでミックスフライ定食食べなきゃいけないんだよ」

「僕が頼んだのは、コロッケと唐揚げの相盛り定食で、彼女は日替わり定食Bのハンバーグ定食」

細かいところまで正確に覚えているところが大野らしい、と思いながらも、それ以上話すのが面倒になった香住は「どっちでもいいから」と話を遮った。

「もういいよ。授業始めて」

香住がノートを開くと、今度は大野の方が納得のいかない様子でしばし止まった。しかし、香住がノートに日付を書き始め、これ以上は話さないスタンスを取ったので、大野は諦めたようにホワイトボードに向かって授業を始めた。

大野が背を向けると、香住は顔を上げて大野をしげしげと見つめた。

頭が小さくて背が高くやせ型、優に八頭身はあるモデルスタイル、顔だってよく見れば子犬のように可愛らしい。一見しただけではどこに生えているかわからないほど薄い髭《ひげ》、肌には羨ましいくらいの透明感があり、そのダサい眼鏡を外せば今どきのイケメンだ。

「顔もスタイルもいいのにもったいないね！」

香住は大野の背中に向かって吐き捨てた。

「『もったいない』？」

大野は振り返って香住の言葉を繰り返した。

「中身がまともだったら、絶対、彼女できると思う」

「『まとも』？」

「普通の会話ができればっ」

「『普通』？」

「うるさいな」

「その、僕の、どういったところが『普通』と違うのか、教えてもらえると嬉《うれ》しいんだけどな」

「！　ごめん、忘れて」

「僕は自分では普通だと思ってるんだけど、君の『普通』と、僕のとは違うみたいだから。その、いくつか教えてもらえると……」

「私が間違ってた！」

香住は面倒になって大野の言葉を遮った。

「授業始めて」

「……じゃあ、十一ページ開いて下さい」

「はい」

香住は素直に参考書を開いた。


「大野先生、今日ってもう帰るんですか？」

予備校から帰ろうと香住がドアを開けた時のことだった。

大野が大学生らしき女子から誘いを受けていた。女子は大野を待ち伏せていたようだった。不意に声をかけられた大野は、

「え？　うん」

と、何も考えずに素直に答えた。

「ご飯食べに行きません？」

「ああ……」

返事をしようとした大野の横を香住は通り過ぎた。

やはり大野の見た目は普通、いやむしろ普通以上なのだ。予備校内にも大野

のファンは多い。なのに、大野に彼女がいないのは、あの『普通』じゃない性格に問題があるからだ。そんなことを考えながら歩いていると、後ろから名前を呼ばれたような気がして足を止めた。

「秋本さん！」

気のせいではなかった。香住が振り返ると、大野が駆け寄って来る。

「へ？　何？」

大野は香住の前まで来ると、呼吸を整えて真面目な顔で切り出した。

「これから、あの子とご飯食べに行くんだけど、その、どういう店に行くべき？」

気にしてたんだ、と香住は可笑《おか》しくなった。

「だから、その辺のさ、なんか……」

「『その辺の』？」

「それやめた方がいいよ。こっちが言ったことそのまんま聞き返すの」

香住は前々から気になっていたことを思い切って口にした。

「『聞き返すの』？」

「だからそれッ」

自分の癖に気づいていない様子の大野に、思わず口調が厳しくなった。

「ああ……それで？　店は？」

「なんか食べたいものある？」

「『食べたいもの』？　……いやそんな風に考えたことないな」

真剣にアドバイスをしようと思ったが、話が通じない大野を相手にすること

が、香住は唐突に面倒になった。

「わかった。じゃ後でショートメールするから。携帯番号教えて」

ラインを交換するまでもない、深い付き合いをしたらこっちが疲弊しそうだ、

一瞬のうちにこういう判断ができるのが女子高生なのだ。

「え？　しょ、しょ、え、メールなのに？　番号？」

携帯番号を登録すればメールが送れるショートメッセージサービス機能を、

大野は知らないのだ。

数学以外の知識は小学生レベルの大野に、香住はため息をつく。

「っもう、いいから携帯貸して。携帯持ってる?」

香住がからかうように言うと、大野は変な声を出し始めた。

「へ、へへ、へへへ」

小刻みに肩を震わせ、眉間《みけん》にはしわが寄っているが、口角は上がり笑っているように見える。

奇妙な大野の表情に、香住は思わず身構えた。

大野はこらえきれない様子で「ヒッヒッヒッヒッ」と声を漏らした。

「え……?　え?」

「いまどき携帯持っていない人いないよー」

小刻みに震える独特な動きと表情。それが大野の笑い方であることを香住はようやく理解した。これまでに見たことのないほど気味の悪い笑い方に、香住は眉をひそめた。

笑いをこらえようとしているのか、肩をぶるっと震わせる度に、「ヒッヒッヒッ」と引き笑い特有の高い笑い声が口から漏れて来る。

「いいから早くしてって、私行くとこあるんだから！」

香住は、大野がポケットから取り出したスマホを乱暴に奪った。

第二章　普通の恋がしたい

香住《かすみ》が急いで向かった先は、横浜市にある市民文化会館だった。そこでは、『新時代の子供の伸ばし方』をテーマにした宮本功《みやもといさお》の講演会が行われていた。

宮本功は、おもちゃメーカーの営業職として働いた経験から、五年前に独立し知育玩具ブランドを立ち上げた。教育関係者との商品開発を積極的に進め、幼児教育に特化したおもちゃを次々とヒットさせた。ヒット商品の生みの親として宮本がメディアで顔出しすると、その整ったルックスが注目され、現在では全国から講演の依頼や執筆依頼が引きも切らない。

「その経験でわかったことは、どんな子供であれ、能力は無限に伸ばせるということです！」

嘘《うそ》っぽいが爽やかなその笑顔に、会場に集まった子育て世代の親たちは目を輝かせて頷いた。

「学校の成績が悪いことを気にする必要なんてありません！　詰め込み暗記型の受験戦争からゆとり教育になり、学力が低下したと大騒ぎしてまた学習指導要領を変えるんです。こんなことをいつまで続けるんでしょうね」

香住は宮本の講演が行われている会場の裏庭を歩いていた。少しでも大人っぽく見えるようにと選んだノースリーブのワンピースに着替え、顔には薄くファンデーションも塗っている。眉毛の上で真っすぐに揃《そろ》えられた前髪と肩よりも下まで伸びたストレートの黒髪には、寝る前に丹念につけたトリートメントの匂いがかすかに残っていた。

それもこれも全ては、宮本に会うためだ。

香住は喫煙所を見つけると、宮本が現れるのを待った。

宮本がヘビースモーカーであることはリサーチ済みだ。だから喫煙所で待てば、宮本に接触できるかもしれないと考えたのだ。そしてチャンスはあっけなく訪れた。講演を終えた宮本がすぐに喫煙所に姿を現したのだ。

「あのっ」

香住が思い切って声をかけると、宮本は条件反射のようにタバコを灰皿に入れようとした。

「あ、すみません」

声の主が香住だと分かると、宮本は「いや」と、消しかけたタバコをまたひと吸いした。

「禁煙、続かなかったんですか？」

香住は知ったような口調で訊《たず》ねた。宮本がＳＮＳで禁煙を公言したのは、ついひと月前のことだ。だから喫煙所で宮本を待ち伏せることは、香住にとってはある種の賭けだった。

「え？　ああ……なかなかね」

宮本は悪びれた様子もなく煙を吐いた。

そんな姿ですら香住には、眩《まぶ》しく見えた。

「新しい時代の人も喫煙しますか？」

新しい時代――

それは宮本が提唱している、香住たち若者が担う次世代のことだ。私はあなたのこと全部知っていますよ、そんな気持ちを込めた香住なりのアプローチのつもりだった。

「……するだろうね」

宮本は曖昧《あいまい》に答えた。

「アイコスじゃなくて、普通のタバコ？」

「あらゆるものが選べる時代が来るだろうからね。働くことも働かないことも選べる時代がね」

宮本の言葉が好きだ。香住は思った。

受験、塾、詰め込み型の勉強……それらにずっと縛られてきた。自由に人生を考える時間もなく、道を選ぶ権利もなかった。自分の人生を誰かに乗っ取られたまま生きているような気がしていた。そんな時、偶然目にした宮本の言葉に香住は心を救われたのだ。

「一生は長い。大事なのは今よりも二十年後、ですよね」

何度も繰り返し読んだ宮本の言葉を、香住は口にした。

宮本は「ありがとう」と微笑《ほほえ》む。

香住は背負っていたリュックから宮本の著書を取り出して見せた。

『働かなくてよい時代に私たちはどう生きるか』

『シンギュラリティ時代の勝算』

「宮本さんが書かれた本、全部読んでます！　私、小学校の先生になって、子供の考え方をおさえつけるんじゃなくて、もっとこう広げるようなことをしたいと思ってるんです」

香住は力強く宣言した。宮本の言葉に自分が救われたように、自分と同じような思いをしている子供を救いたい、それは香住の本心だった。

「君みたいな人がもっと増えれば、世の中もっと楽しくなるのにね」

宮本は爽やかな笑顔で香住を見た。

講演会やサイン会でも姿を見たことはあったが、会話をしたのは初めてのことだった。ずっと憧れていた人が目の前で自分に笑顔を向けてくれている。その現実に泣きたくなるような、大声で叫びたくなるような興奮をこらえて香住は言った。

「はい、あのっ、私、頑張りますっ。いつか宮本さんと……一緒にお仕事できるように」

「嬉《うれ》しいよ」

「……あの……これ……」

香住は小さな手紙を渡した。もしも宮本に会えたら渡そうとずっと持ち歩いていたものだ。中には自分の名前と電話番号が書いてある。

宮本は少し戸惑いながらも、その手紙を受け取った。

その時だった。

「ああ、やっぱり吸ってた！」

建物から裏庭に続くドアから、一人の女性が顔を出した。歳《とし》は二十代半ばくらいのモデル風の美人だった。

「いや、この娘《こ》が吸ってたんだよ」

宮本はそう言いながらさりげなく香住の手紙を隠した。

香住は「ん？」と宮本を見る。

「君、まだ未成年だろ？」

宮本は芝居を続けた。

「あ……ち、違いますよー」

香住は咄嗟《とっさ》に宮本の芝居に合わせて答えた。瞬時にその場の空気を読むのは、女子高生の特技だ。

「ああ、そうなの？」

女は怪訝《けげん》そうに香住を一瞥《いちべつ》し、「お客さんがお待ちかねだよ」と宮本を促した。

「君も結婚するなら、結婚相手よーく選んだ方がいいよ。相手次第ではタバコやめなきゃいけないからね」

香住は宮本の顔をまじまじと見つめた。

「はーもう、自分でやめるって言ったくせに」

女は呆《あき》れたように言うと宮本の腕を引いて、建物の中へ入っていった。

「けっこん……」

残された香住は呆然《ぼうぜん》と立ち尽くし、頭の中を整理した。

つまり、今の女は宮本の結婚相手で、宮本はあの人に言われたから禁煙を始め、そしていま、喫煙の罪を香住になすりつけようとしたのだ。

宮本のタバコの残り香が、急に虚《むな》しく感じられた。

「どうしたの？　元気ないみたいだけど」

翌日、予備校の個別指導スペースでぼーっとしている香住に大野が声をかけてきた。

「別に……それより、昨日はどうだった？」

香住は大野に訊ねた。

大野は前の授業の数式が書き残されたホワイトボードを几帳面《きちょうめん》に拭きながら答えた。

「ああ、良かったよ、あの店。なんだか薄暗かったけど、向こうは喜んでたみたいだし」

香住が飲食店の検索サイトで適当に探したバルを、メールで大野に教えたのだ。

適当とはいっても『デートに最適』『静か』『美味《おい》しい』といった条件を満たしたお店だった。

「そう、じゃ、うまくいきそう？」

「うん……なんか、好きだって言われたんだけどね」

大野は香住の前に腰を下ろした。

「え、すごいじゃん」

「うん……」

大野はそう言いつつ、表情を曇らせた。

「え、何？」

香住は昨日のデートの顚末《てんまつ》を聞き出した。

先生のことが好き、と告白された大野は、「それ、定量的に言ってもらえるかな？」と返し、相手が返答に困ったところで話は終わったというのだ。

「『定量的』？　え、それどういう意味？」

香住は怒ったような口調で大野に訊ねた。

「どれくらいの量かってこと」

香住の質問に大野は当然のことのように答えた。

「普通に聞けないの？」

「『普通』？」

「だからっ、そういう時は、俺の事どれくらい好き？　って聞けばいいじゃん」

「うん……」

「もうちょっと普通の人になじむ努力しなよ」

「『なじむ努力』？」

「繰り返すのやめてって言ったよね？」

香住はイラっとして、警告するように語気を強めた。

「あ、そうだね、ごめんなさい」

「勉強ばっかしてるからそんなことになるんだよ」

「勉強ばっかりじゃないよ、遊んでばっかりだよ」

「遊びって何？」

「うん、うーん……素数の謎《なぞ》を解くとか？」

大野はまた変な笑い方で、自分の言ったことに一人ウケている。

「『素数の謎』？」

香住は心底バカにしたような口ぶりで訊《き》き返した。

「あ、繰り返した」

「だから何？」

「いや別に……」

「言っとくけど、今日、私、機嫌悪いから」

傍《はた》から見れば、勝手に憧れて勝手に失恋しただけの事かもしれない。けど、香住は本気で宮本のことが好きだったのだ。

「『機嫌』？　なんで機嫌悪いの？」

「先生には関係ないでしょ？　学校の先生だったら人生について話したりもするけど、予備校の先生は勉強だけ教えてればいいんじゃない？」

香住はわざと嫌味っぽく言った。自分が失恋したのに、大野が告白されたことに無性に腹が立ったのだ。

「なんで機嫌が悪いの？　あ、その……女性特有の、あれか？　ね」

香住は目を丸くして大野を見た。大野は悪びれもせずにキョトンとした目で香住を見ている。その態度がまたさらに香住を苛立《いらだ》たせた。

「！　あのさあ、先生……女の子に、普通そういうこと言わないから！」

「『なんで機嫌が悪いの』って？」

「その次」

「『その次』？」

「繰り返さないっ」

「ああ！　生理のことか」

「！」

言いにくいことをサラっと言ってのける大野に、香住は改めて思う。

この人は本当に何も知らない。世の中の『普通』を、人の心の機微を。

「……今日は違うから」

香住は、そこだけはとりあえず訂正した。

「……じゃあ、授業始めようか」

「あんた人の心がないわけ？」

「いや、今『勉強だけ教えろ』って……」

「人と人、気持ちで会話しないと成長できないよ」

「『成長』？」

「……センセーそのままじゃ一生結婚できないと思う」

「！　え？　『一生結婚できない』……」

「そうだよ！」

驚いた様子の大野に、逆に香住が驚く。『普通』の結婚願望など、大野にはないと決めつけていたからだ。

「なんで？」

大野は本当に答えがわからないといったように尋ねた。

「え、な……逆に聞くけど、何でそのままで大丈夫だと思えるわけ？」

「いや、何が悪いのかわからないから、どう変えればいいのかわからないんだよ」

「いい？　結婚っていうのはね、相手のことを思いやって……」

大野は香住の言葉に真剣に聞き入る。

香住の脳裏に宮本の顔が浮かんだ。『結婚』というキーワードのせいだ。

「……タバコやめさせること」

香住は呟《つぶや》いた。

「『タバコ』？」

「……」

宮本が結婚する。

その事実が香住の胸にまた重しのようにのしかかった。

鈍感な大野も何かを察したのか、参考書を広げ、話題を変えた。

「じゃあ……この間の続きなんだけどね、ここ苦手……」

香住は突然立ち上がると、教室を出て行った。

「え？　秋本《あきもと》さん……」

香住は予備校のビルを出ると速足で歩き出した。

宮本の結婚話を頭の中から拭い去るように、ずんずんとスピードを上げていく。

「秋本さん！　ちょっと。ねえ、さっき言ってた『タバコをやめると結婚できる』ってどういうこと？」

香住を追いかけてきた大野が声を上げた。

大野は香住に追いつき横に並んで歩き出す。白衣を着たままの姿が、大野の慌てぶりを物語っていた。

「そんなこと言ってないんですけど」

「え、言ったよ」

「言ってない」

香住はぐんぐんと歩き続けた。

「いっ……じゃあ」

大野は急にすました顔を作って、香住を見た。

「ごはんでも食べに行こうか」

大野の一世一代の誘いに、香住は顔色一つ変えずに「じゃあの使い方間違ってるから」と突っ込んだ。

「詳しく聞かせて欲しいんだよ。その……僕の良くないところを」

大野は香住の前に立ちはだかり、真面目な顔で言った。

香住は足を止めた。

意外だった。

何を話しても聞いているのかいないのかわからないような返事をしたり、的外れなことを気にする大野が『結婚』に反応したのだ。

「気にしてんの？」

香住が尋ねると、大野は頭を掻《か》きながらボソボソと言った。

「僕も、普通に、結婚がしたいんだよ」

それは大野の本心だった。自分では普通に生きて来たつもりだったし、就職、結婚、子供の誕生、というごく普通の人生のレールに乗れるものだと思っていた。

けど、アプローチしてくれる女性は少なからずいるのに、交際に発展することは一度もなかった。気が付けば、二十四歳のこの年まで彼女というものがいたことがない。昨夜だって好きと言ってくれた女性に対して、あわよくばという男心は少なからずあったのに、そこから先には進まなかった。だから、だ。

普通じゃない――

香住の言葉は大野の心に突き刺さった。

もしかしたら自分は『普通』じゃないのかもしれない。だったらそれを直したい。

「『普通』って……センセーが普通の人になりたかったら、今から訓練してもあと十年はかかるよ」

香住はそう言い放って、再び歩を進める。

「！　そんなに……」

大野は絶望して、その場に立ち尽くした。がっくりと肩を落とし、絵に描いたような落ち込み方をする大野を、道行く女子高生がクスクスと笑って過ぎて行く。

そんな大野を見て、香住は小さくため息をついた。

「お酒でも飲んで酔っ払ったら？」

香住はメニューを大野に渡した。

香住と大野は、駅前のカフェバーに来ていた。

開店直後の店内は客もまばらで、四人掛けの広々としたテーブルに案内された。

香住はもう一冊あるメニューを手に取ると、慣れたようにドリンクのページを開いた。香住が堂々としているからなのか、同伴している大野が年上だからなのか、高校生の香住も年齢を確認されることなく入店できた。

大野はメニューを開くと、ざっと百種類はあるドリンクの中から知っている名前を探した。

「普段は飲まないんだけど」

「じゃあセンセーの『普段』は今日で捨てたら？」

「こういう店に来ればいいんだね」

大野は初めて外国に来た観光客のように店内を見回した。

薄暗い店内、映画のワンシーンに出てきそうな長いカウンター。各テーブルに置かれたキャンドルが雰囲気を盛り上げている。

「まず、そのわけわかんないジャケット脱いで」

雰囲気に浸る大野の目を覚ますように、香住は顔をしかめた。

予備校では白衣のおかげで少しはマシに見えるが、大野の私服はダサい。

グレーのシャツを同系色の濃い目のグレーのスラックスにインして、無駄に細いウエストを強調するように黒革のベルトで締めている。そのベルトも駅の露店で、千円ぽっきりで売られているような安っぽい合皮製のものだ。

おまけにシャツの上から羽織っている黄色いジャケットは、定年過ぎて継続雇用された小学校の用務員が着ていたそれによく似ていた。

「暑くないけど」

大野は黄色のジャケットを着たまま、ソファにゆったりともたれた。

「いいから脱いで。どこで売ってんのそれ」

香住は怪訝《けげん》そうな顔で言った。

「これ？　これ、近所のスーパーの二階で七十パーセントオフになってたから」

大野はジャケットを脱ぎながら、七十パーセントにやや力を込めて自慢げに答えた。別に値段やどこの店で売ってるかを知りたいわけじゃない、という言葉を飲み込んで、香住はリアクションしないようにメニューに目を落とした。

「ここおごりだよね」

「うん、大丈夫だよ。予備校の講師っていうのはね、けっこうもらってるんだよ。まあ僕は使い道がないから……」

「はい、わかったから、黙って」

香住は大野の自慢話を容赦なく遮った。放っておけば、月収から差し引かれる税金、貯蓄額の数字を詳細に語り出しそうだ。

香住の頭の中には、大野を『普通』にするためのプランが既に浮かんでいた。

「いい？　女の客が来たら、こう言うんだよ」

「妹が注文しすぎて食べきれないんで、一緒にどうですか？」

大野は若い女性客の二人組に声をかけた。今さっき香住に仕込まれた通りのセリフだ。台本通りのセリフを完璧に再生しただけの言葉。そこに大野の感情はない。なぜこんなことをさせられているのだろうという疑問が先に立ち、抑揚も全くない。まるでロボットが話しているような棒読みだ。

しかし、話しかけられた二人はまんざらでもない様子で、顔を見合わせた。

「ええー」

「どうする？」

香住はそんな女たちの様子を冷めた目で見ていた。

イケメンに声をかけられて悪い気はしていないが、すぐに食いつくのも女としてどうなのか。そんな女たちの心情を読み取って、香住は鼻で笑う。

「まだ料理も頼んでないしね」「困ってるなら助けてあげようか」と躊躇《ちゅうちょ》するフリをしながら、イケメンについて行く理由を必死に探し、互いを納得させているのだ。

5分後、女たちがいたテーブルはきれいに片付けられていた。

女たちは香住と大野の席に合流し、一緒に飲み始める。

「この店、こんなに量が多いと思わなかったんです」

シズカとナオ、と名乗る女たちを前に、香住はしおらしい妹を演じ始めた。

香住が考えたシナリオはこうだ。

給料が出たばかりの兄におごってもらおうと一緒に来た妹。久しぶりの外食、兄のおごりならお腹《なか》いっぱいに食べようと、欲張ってあれもこれもと注文をする。料理が運ばれてくると、思っていたよりも量が多くて二人では到底食べきれない。ふと、周りを見ると、まだ料理を注文していない女性の二人組。料理を残すのももったいないので、一緒に食べてもらってはどうかな、と妹が兄に提案。兄は女性に思い切って声をかける。

「どうぞどうぞ、遠慮しないで食べてやってください」

香住に教わった通りに、大野はセリフを言った。感情のこもっていないロボット調のセリフを吐く大野に、女たちは精一杯の笑顔を振りまく。

「じゃあ……頂きまーす」

シズカとナオは、言葉の勢いとは逆に、遠慮がちに料理に手をつけた。

「うちの兄、すっごいつまんない人なんですよ、勉強ばっかかしてたから」

話を盛り上げようと、香住が切り出す。

「ひどいなあ」

大野が言った。もし役者なら、一発でクビになるようなひどい演技だった。

香住は顔が引きつるのを必死にこらえて、作り笑いで応えた。

シズカとナオは、二人の演技には気づかない様子で、兄妹《きょうだい》のやり取りに笑いながら機嫌よく酒を呑《の》んだ。

「お姉さんたちは、何してる人？」

香住は自然な流れで探りを入れた。

「フツーに会社員だよね」

シズカが答えると、「うん」とナオが相槌《あいづち》を打つ。

「同じ会社？」

黙って聞いているだけの大野を横目に、香住が会話を紡ぐ。

「ううん」

今度はナオが答える。

「じゃあ大学の友達とか？」

「そうそう、まあFランクだけどね」

ナオが自嘲気味に笑って言うと、

「そこまでひどくないでしょ、やめてよー」

と、シズカが苦笑した。

「お兄ちゃん、まあまあいい大学出てんだよね」

思惑通りに会話の流れがきたところで、香住は話題を大野に戻した。

「えー！」

「どこ、どこ出てるんですか？」

ナオとシズカは興奮したように聞いてきた。

来た来た、釣れた。と、香住は心の中で思いながら、

「でも、言うと自慢になっちゃうから」

と、香住は答えをじらした。

いつもの大野だったら、大学の名前を聞かれたらもったいぶらずにサラッと答えるところだが、「そんなことないよ」と、香住に用意されたセリフを吐いた。

学歴は大野のセールスポイントだ。話がそこに流れたところで、自慢でもなくさらに自分からじゃなく、さりげなく自慢させる。全ては香住の計算通りだった。もし彼女たちが大野と同じAランクの大学を出ていたら香住の計算は狂っていたが、そこは運が味方した。

「え、どこだろうね」

「Aランクでしょ」

「頭良いんだー、かっこいいー」

ナオとシズカは声を弾ませた。学歴だけでここまで盛り上がれる女たちの会話を、香住は複雑な思いで聞いていた。

詰め込み型の受験勉強を必死にこなしてきた。いい大学に行く、結果、大野のようなコミュニケーション能力の低い人間が生まれる。それは学歴社会だけのせいじゃない。今、目の前にいる、出身大学の名前だけで目の色を変えるような女がいることも、歪《ゆが》んだ受験戦争を生む原因なのではないかと、考えが膨らんだ。

「休みの日は何してるんですか？」

香住は、頭の靄《もや》を振り払うようにわざと明るい声で尋ねた。

「えー？　ずーっと寝てる。ヤバいよね」

「それはね、やばい！」

ナオはそう言って笑ってから「あ、でも私、あの自転車いまはまってて……」と付け加えた。

「え？ お姉さん自転車好きなの？ お兄ちゃん、自転車好きだよね？」

香住は、テーブルの下で大野の太ももを叩《たた》き、話を合わせるように合図を送った。共通の趣味は、距離を縮めるための必須アイテムだ。

大野は目を丸くして香住を見た。

「えー！」

ナオが嬉しそうに大野の顔を見る。

「自転車？」

思わず大野の口をついた言葉に、香住は思いっきり大野の足を蹴飛ばした。もちろん目の前に座っている女性二人には気づかれないように、だ。

「イタッ」

大野は思わず声を上げる。

「え、どれくらい走ったことあります？」

「結構行きますよ、この人」

ナオの質問に香住が答えた。大野に任せたら、自転車なんて小学生以来乗っていません、などと答えそうだった。実際、ママチャリも乗れるかどうかあやしい。

「私も自転車で海行ったりしたいなー」

鼻にかかった甘い声でナオが大野に視線を送る。

「お兄ちゃん、行くよね？　パンツの裾、マジックテープで止めて海とか行くよね？」

香住が適当に答えた。

「そうなんですかー」

ナオは、また嬉しそうに大野の顔を見た。大野はナオとはろくに目も合わせず、

「うみ？　……海。海は、いいよね」

大野は、全く感情のこもっていない一本調子で答えた。

せっかく盛り上がってきた話の軸を自転車から海にずらしてしまったことを、コミュニケーション能力に乏しい大野は全く気付いていないのだ。

「……海、良いですよねー」

呆《あき》れる香住に代わって、大野の発言をフォローしたのはシズカだった。

「あのさ、ほらあの海沿いの道とかさ、走ったらさ、ちょー気持ち良さそう」

ナオもシズカに合わせて話を盛り上げる。

「ねー絶対気持ちいいー！　超楽しそう！」

女子たちのテンションについていけず、二人の顔を交互に見るだけの香住を

横目にシズカは続けた。

「え、っていうかさ自転車乗ってる男の人ってカッコ良くない？」

「え、待って、それメッチャわかる」

「え、わかる？　ハンドル握ってるさ……」

「腕でしょ！」

「そうー！」

つまらなそうに二人のやり取りを聞いていた香住が口を開いた。

「じゃあさ、お弁当とか持ってさ海まで行ってさ、みんなで仲良く食べなよ！

どっちが付き合ってもお似合いだからさ！　ね、ね！　え、どう？　どう？　どう？　はははは！」

ソフトドリンクを飲んでいるのにまるで酔ったようなハイテンションで笑う香住を見て、シズカとナオは白けた表情で顔を見合わせた。

「え、ダメ？　ななな何、急に静かになって。ははは！」

なんとか場を盛り上げようとした香住の行動は裏目に出た。

空気を読めない大野も、香住のテンションが場違いだと感じていた。

初対面の女性二人が困惑するのも無理はない。しかし、その場を収めるいい方法を大野は思いつかなかった。かゆくもない膝をさすって、女子たちが帰ると言い出すのをただ待つことしか、大野にできることはなかった。

「あの女たち、センセーが誘えば、デートしたよ」

ほとんど手付かずのまま残された料理を前に、香住は口を開いた。

「でも帰ったよ」

大野が言うと、香住は目を伏せた。

店内にシズカとナオの姿はもうなかった。

結局、大野の出身大学がどこかという答えも聞かないまま、「そろそろ時間だから」と、逃げるように帰ってしまったのだ。

さっきよりも客が増え賑《にぎ》わっている店内が、仕事を終えた大人たちが盛り上がる時間がこれからだということを物語っていた。

「ごめん、私のせい」

珍しく素直に謝る香住を、大野は見つめた。

「お酒飲んでないよね」

「うん」

「じゃなんであんな酔ったフリ……」

大野は怒るでも責めるでもない、柔らかい口調で尋ねた。

「たぶん……お酒飲む人だったら、飲みたい気分だったんだと思う」

香住は呟くように答えた。

「『飲みたい気分』？　あ『機嫌が悪い』のと関係ある？」

「すごい！　よくわかったね！」

香住はまた酔ったような声で笑った。その笑い声は、泣き声にも聞こえるような切なさを含んでいた。『飲みたい気分』の理由を言わず、無理に笑い続ける香住に戸惑いつつ、大野も少し笑ってみせた。

香住は大きく息を吐くと、真顔になった。

「ねえ……もうちょっとだけ付き合ってもらえない？」

香住は大野の顔も見ずに訊いた。

「いいけど……」

大野は端的に答えた。

「保護者同伴じゃないと行けないとこだから」

香住が行きたい場所というのはホテルのバーだった。

まだ深い時間ではないが、高校生が一人で来るには憚《はばか》られる雰囲気の店だ。

広々とした店内には、長いバーカウンターと、テーブル席がある。

カウンターに立つバーテンダーの背後には、高そうな酒瓶が銘柄ごとに行儀よく並んでいた。

香住は店内を見渡すと、カウンターの真ん中辺りに陣取った。大野は緊張した様子で香住に従って席に着いた。

酒を飲めない香住はアイスコーヒー、酒を知らない大野はグラスビールをそれぞれ注文した。ドリンクが届くと乾杯もせずに、舐《な》めるように口をつけた。

所在なさげに店内を見回す大野を香住は肘《ひじ》で小突いた。

「あの人見て」

香住の視線の先には一組のカップルがいた。

小さなテーブルを挟んで楽し気に会話しているのは、宮本と婚約者の美奈子《みなこ》だ。

「あ、あの人、君がこないだ言ってた……」

大野は宮本の顔を認識すると声を上げた。

「……結婚するんだって」

香住は絶望に近いトーンの声で言った。

『飲みたい気分』の理由はこれだったのか、と、大野は合点がいったような表情で香住を見た。

香住と大野は、しばらく宮本たちを眺めた。

どこから見ても幸せそうな美男美女のカップルだ。話の内容は聞こえなくても、盛り上がっていることは傍目《はため》にも明らかだった。

レース仕立てのノースリーブのワンピースに長い髪をおろした美奈子は、昼間よりも格段に女性らしく見えた。暖色の柔らかい照明がスポットライトのように美奈子に注ぎ、その美しさを際立たせている。美奈子が笑うたびにティアドロップ型のピアスが踊るように揺れた。

香住はそれをしばらくぼんやりと眺めていた。

先程まで胸の中を支配していた悲しみの感情が、苛立ちに変わっていく。

手の届くはずのない人だったんだ、と自分を納得させようとしても、何かを責めずにはいられなかった。

宮本がスマホを手に席を立つと、香住たちの方へ向かって歩いて来た。香住は気づかれないように、思わず顔を背けた。大野もつられるように向き直ると、すっかり泡の消えたグラスビールに視線を落とした。

宮本は香住を気にも留めずに、すぐ後ろを通って店を出て行った。香住はそんな宮本の背中を見つめた。

ずっと憧れて、目標にしてきた背中だ。それなのに、同じ世界で向き合うこともできないまま、こんな風に一方的に失恋なんて嫌だ。

このまま終わりなんて嫌だ。

宮本の姿が見えなくなると、香住はゆっくりとテーブルに視線を落とした。

大野は香住を見つめた。

「何？」

大野の視線に気づいた香住が大野を見る。

「あ、や、あの……」

「あっち見て」

香住は美奈子をあごでさした。

テーブルに一人残された美奈子が、白ワインを一口含んだ。

「どう思う？」

香住は大野に訊ねた。

「綺麗《きれい》だね」

「キレイとか思うんだ」

香住は驚いて聞き返した。

「いや、僕も人間だよ？」

「彼女は満足してると思う？」

「『満足』？」

相手が言ったことをそのまんま繰り返す大野を香住はギロリと睨《にら》んだ。

「あ！　あ……あ、この店に満足してるかどうか？」

大野は慌てて言葉を続けた。

「今、電話しに行った男に満足してるかどうか。その男との結婚にも」

香住は、語気を強めた。

「そんなことわかんないよ」

「わかんないの？」

「いや、わかるわけないよ」

「ダメだねえ」

香住は大げさに顔を歪《ゆが》めた。

「そんなこともわかんないんじゃ結婚できないよ？」

「『結婚できない』……」

香住の言葉を真に受けた大野はうろたえたように繰り返した。

「そうだよ、彼女見てわかんない？」

香住に言われ、大野はもう一度美奈子に視線を戻した。

一人ソファに寄りかかり、恋人の帰りを待つ美奈子は美しかった。憂いに満ちた大きな瞳は、遠くを眺めている。

「本当にこの人でいいのかなあ」

美奈子の表情にアテレコするように香住がセリフを吐いた。

「もっと私に合う人いるんじゃないのかなあ」

少しアルコールが入った美奈子の色っぽい表情に、香住は甘えたような声を重ねる。

「えーそんなこと思ってんのかな？」

猫背気味で訊ねる大野を、香住は睨《にら》んだ。

「いい？　あの女はね、このホテルの社長の娘なの」

インターネットで調べたばかりの美奈子の情報を、香住は語り始めた。

「へー」

「父親はこのホテルだけじゃなくてね、レストランとかジムもやってんの。で、宮本さんは知育玩具とか幼稚園とか学習塾をやってんだけど、あの女の父親とコラボしてビジネスしようとしてんのよ」

香住は、調べた情報に憶測を上乗せして話す。

「すごいね、調べたの？」

「要するに、私はちゃんと愛されてるかなー、父親とのビジネスの方が大事なんじゃないかなー、とか思ってもおかしくないよね？　結婚前に不安になるのは普通のことでしょ？」

「そういうものなの？」

大野は素朴な疑問をぶつけるように聞き返した。ただでさえ結婚とは縁遠い大野に、お金持ちの令嬢の結婚など想像できるはずもなかった。

「『そういうもの』だよ、結婚て」

香住はえらそうに言った。

その時、宮本が香住と大野の後ろを通り、美奈子が待つ席へと戻って来た。

途端に美奈子の表情がぱっと明るくなる。

「！　……なるほど」

大野はつぶやいた。

「まず、あの人で練習してみたら？」

香住は、いま思いついたことのように言った。

本当は、少し前から考えていたことだった。やるかどうか、迷いがあった。

けど、宮本に会ってわかったのだ。

結婚なんかして欲しくない。

「『練習』？」

「女の人と上手く付き合えるようになる練習ッ」

こちらの言ったことを繰り返す大野に苛立ちながら香住は答えた。

「……」

大野はもう一度美奈子に視線を戻した。

くっきりとした二重瞼《ふたえまぶた》、艶《つや》っぽい唇、顔のパーツははっきりとしているのに、顔は小さく、座っていてもバランスの取れたスタイルであることがわかる。ノースリーブの袖から出ている二の腕は色白で細いのに、服の上からでもわかる胸の膨らみが女性らしさを際立たせている。このホテルの社長の娘と聞いたせいか、育ちの良い人だけが持つ気品の良さがあった。

「どうやればいい？」

大野は香住の方へ向き直り、訊ねた。

期待していたはずの答えなのに、香住は言葉を失ったまま大野を見つめていた。

第三章　数学バカの変身

日曜の昼下がり、都心にあるブランドショップに香住《かすみ》はいた。こんなに高価な靴やカバンを買う人はどんな人なのか、と想像すると、香住の脳裏には宮本《みやもと》の顔がチラついた。

「とってもよくお似合いです」

店員の声で我に返って振り返ると、細身のスーツに着替えた大野《おおの》がフィッティングルームから出て来たところだった。

「やっぱいいじゃん」

香住は大野を見て微笑《ほほえ》んだ。

お世辞ではない。思っていた通りだった。

八頭身はあるモデル並みのスタイルに、スーツは仕立てたかのようにピッタリとフィットしていた。

「でも、こんな高いの?」

一着買えばおまけでもう一着スラックスがついてくるようなチェーン店でしかスーツを買ったことのない大野にとって、ブランドもののそれは桁《けた》違いの金額だった。

「一着持ってれば、どこ行くにも使えるから損しないよ」

まるで成人式に、息子のスーツを仕立てる母親のような口ぶりで香住は言った。

「スーツ着て行く場所なんか行かないんだけどな」

「今日まではね」

金額に納得がいかない様子で考え込む大野に、香住は続けた。

「どっかの誰かと結婚するってなったらどうすんの? 親に挨拶しに行く時はやっぱスーツじゃない?」

大野はすこしの逡巡《しゅんじゅん》の後、顔を上げて頷《うなず》いた。

「買おう！」

香住は笑顔になって、大野の腕を引くとレディースフロアへと歩き出した。

「じゃ、私のも買いに行こうッ」

「え？」

「妹が安っぽい恰好《かっこう》じゃおかしいでしょ？」

「？　ああ……え？」

香住は意気揚々と服を選び始めた。


「なんでそんな店、行くんだよ」

横浜元町の坂を上りながら、先を歩く香住に大野は訊《たず》ねた。

買ったばかりのスーツが大野のスタイルの良さを際立たせていた。

香住は、便乗して買ってもらった薄い水色のワンピースを着て、少し踵《かかと》の高い靴を履いていた。おろしたての服を着るにはあいにくの雨だが、初めて袖を通した高揚感で足取りは軽い。

「だからッ、あの女のインスタ見てたら、何度も出てくる『お姉サマ』の店だからッ」

香住は、立ち止まるとスマホを大野に差し出した。画面には美奈子《みなこ》のインスタグラムが映し出されている。香住は写真をタップしていった。

「この日も、この日も一緒でしょ」

画面には『まぽ姉サマみたいな大人になりたいなー』というキャプションと共に、美奈子とシャンパンのグラスを傾けて微笑む『お姉サマ』の写真が映し出されていた。

「いや、それは分かるけど……この戸川《とがわ》美奈子って人を相手に練習するんだよね？」

大野は香住に確認した。

大野は美奈子を相手に恋愛の練習をする、という香住の作戦にまんざらでもない様子だった。美奈子のことなど何も知らないのにやたら乗り気な大野を見

て、所詮大野も男なのだと、心の中では吐き捨てながら、

「そうだよ」と、香住は頷いた。

「だから、まずはこの『お姉サマ』と仲良くなって、その後で、『お姉サマ』の知り合いとして知り合う方がいいから」

「そんなことしなきゃいけないのかな」

自信満々で作戦を話す香住に、大野は率直に聞いた。

「え？　え？　勉強したいんじゃなかった？　『普通』の人たちのこと」

香住は苛立《いらだ》ちながら言った。

「や、そうだけど……」

「まともな女はね、飲み屋で声かけてきた男なんかと結婚しないの。ほら、あの投資詐欺事件とかでもさ、ハイクラスの人間に紹介されたってだけで富豪が何人も騙《だま》されてるでしょ？」

「君、詐欺師なの？」

「世の中の『信用』なんかいい加減だってハナシ。自分が尊敬してる人と知り

合いだってだけで相当ハードルが下がるから」

「？　ううん……」

香住の作戦に大野は半分くらい納得したように頷いた。

「ほらあそこ。こないだその『お姉サマ』が、あの食器屋さんをオープンしたんだってさ」

香住は、坂の途中にある白壁の店を指した。それは一軒家をリフォームしたような作りの店構えで、道路に面した一階部分が店舗になっていた。

「いや、食器は揃《そろ》ってるよ」

大野が言うと、香住はイラっとして答えた。

「いや、買わなくていいんだよ。どうせ遊びでやってるような店なんだから。この食器は色が良いですねとかなんとか言って、顔を覚えさせればいいの」

「いや、買わない客の顔なんて覚えないいんじゃないかな」

「大丈夫、センセーは投資会社の人のフリして」

「え⁉」

「数学のセンセーだからそういうのはできるでしょ？」

「いやいや、金融で使われてるのは、数学じゃなくて物理なんだよ。僕がやってたのは純粋数学で、金融なんかの経済の動きっていうのはね、物理学者たちが統計……」

「その話いい」

香住はバッサリと大野の話を遮ると「とにかく」と続けた。

「センセーは投資会社の人。統計学の専門家なんだけど、市場を分析した結果を説明するために顧客とも会うことが多くて、結婚だの出産だの引っ越しだのって、お祝いの品を用意することが多くなったっていう設定ね」

「そんなことより予備校の講師ですって素直に言ったらいいんじゃ？」

反論する大野に対し、香住はムッとした表情で「じゃあ、帰りまーす」と背を向けた。

「あ、わかった。投資会社の人ね。わかった」

大野が慌てて香住を引き留める。

香住は機嫌を直して、説明を続けた。

来週、戸川美奈子の父親が経営するホテルのチャリティーイベントが行われる。そのイベントにこの食器店のオーナーが参加するのだ。そこで、上客になりすました大野が食器店のオーナーと顔見知りになり、イベント当日、戸川美奈子とオーナーが話しているところに偶然を装って声をかける作戦だ。

戸川美奈子と食器店のオーナーのインスタグラムで得た情報から立てた計画を、香住は得意顔で大野に話して聞かせた。

「うん、あーうん、それが良いと思う」

大野は生返事で応えた。美奈子と知り合うためになぜそんなに回りくどいことをしなければならないのか、正直、理解ができないのだ。

「向こうは本物のセレブだから、こっちもゆとりある雰囲気出してよね。センセー数学のハナシするとき早口になるから、あれはやめて」

「え？　早口になる？」

全く自覚のない癖を香住に指摘された大野は、驚いたように聞き返した。

「うん。あ、じゃ、細かいセリフ決めておこうかッ」

大野が気にしていることなど、お構いなしに「まず」、香住は続けた。

「あのオバさんから声かけられるのを待って『何かお探しですか？』って言われたら、『取引先の人に引っ越し祝いを贈りたくて』って言うんだよ」

「取引先の人に引っ越し祝いを贈りたくて」

大野はロボットのような棒読みで、香住のセリフを繰り返した。


食器店の店内は、明るく、広々とした棚には等間隔に距離を置いて、一つ一つ食器が並べられていた。

一つとして積み重ねず、まるで美術品のように飾られている陶器には、それぞれの作者のプロフィールや用途の説明が添えられている。

香住と大野は、それらの食器をじっくりと見ながら「いいね」「そうだよね」などと、小声でやり取りする芝居を打っていた。

店のオーナーである保坂真帆《ほさかまお》は、すらりと背の高い美人だった。美奈子が『お姉サマ』と慕う通り、服装やゆったりとした立ち振る舞いには、大人の女性の雰囲気がある。

「何かお探しですか？」

落ち着いたトーンの声で真帆が大野に訊ねた。

「えぇ！　僕はこういうのに疎くて、妹に相談したんです。そしたらここを紹介してくれて……」

大野は待ってましたとばかりに、用意されたセリフを一息に吐き出した。

「ああ……」

真帆は明らかに戸惑いの表情を浮かべて、香住と大野の顔を交互に見た。

香住が「あ！」と大野の服を引いた。

「兄が取引先の人に引っ越し祝いを」

香住にフォローされて、大野は用意されたセリフを飛ばしてしまったことに気付いた。

「ああ、贈り物ですね」

真帆がようやく理解した様子で微笑んだ。

「ええ！　妹に相談したんです。そしたらここを紹介してくれて」

大野は同じセリフを繰り返した。棒読みでセリフを繰り返すだけの大野に、香住は自分の顔が引きつっていくのがわかった。

真帆は「あ、ああ」と苦笑いで頷いた。

「それでしたら……こちらへどうぞ」

真帆は大野と香住を奥のフロアへと案内すると「このお皿なんか、いかがでしょうか？」と、一枚の大きな皿を大野に差し出した。

大野は勧められた皿を手に取り、まじまじと見つめながら、次に言うセリフを考えていた。事前の打ち合わせでは「もしオーナーに皿を勧められたら、その商品をひたすら褒める」と、香住に言われていた。

「あ！　このお皿はいいですね。その、あの……なんというか……大きさが」

大野のアドリブのセリフを聞いた途端、香住は固まった。

もっと他にあるでしょう、褒めるべきポイントが。デザインだって質感だって色だってなんだっていいのに、よりによって大きさを褒める大野に、香住は心底呆《あき》れた。

「大きさが？」

真帆が大野に訊《き》き返した。

「はい。あと色も良いです」

大野は皿を手にとるとセリフを続けた。

「特徴がないというか、あの、あってもなくてもかわらないというか、その……よくもないし悪くもなく、軽くもなく。何ていうんだろう……意味のないぼつぼつもあるし……」

香住は、それ以上しゃべるなという思いで大野を睨《にら》んだ。

「ええ……」

率直な素人の感想に、真帆は愛想笑いで頷いた。

「すごく素敵です。……僕は、何を入れようかな……」

大野はそう言って香住を振り返る。

「いや……。でもお兄ちゃんが使うんじゃないじゃん。贈るんだから」

香住に言われて大野は思わず笑い出す。いつもの変な笑い方だ。

「何にでも使いやすいとは思いますよ」

真帆に声をかけられても「そうですよね」と笑い続ける大野を、香住は真顔で睨んだ。


「もう、何やってんの⁉」

雨上がりの坂道を、香住は怒りに任せて大股で下りながら、怒りをぶつけた。

「やっぱり、最初から計画に無理があると思うな」

大野は香住の後を歩きながら平然と言った。履きなれないヒールで歩きにくそうに坂を下る香住をよそに、大野はその長い脚で悠然と歩いた。

「いや『このお皿はいいですねえー。大きさが』って、何それッ」

「皿を褒めろって言ったのは君だよ？」

大野は自分の失敗に全く気付いていないような口ぶりで反論する。

「じゃあ、頭の良さを褒めろっていわれたら、頭の大きさがちょうどいいって言うわけ？」

「頭の良さ？　今、皿の話をしてるんじゃなかった？」

香住は大きなため息をついた。

「元気出しなよ。次はうまくいくから」

あっけらかんと『次』を口にする大野を香住はまじまじと見つめた。

「次？　何でまだやる気あんの？　不思議なんだけど」

「『不思議』？　何が？」

失敗に気付いていないのか、既に気持ちを切り替えているのか、平然と聞き返す大野に、香住の方が戸惑う。

「え、だから、その……」

「教えて欲しいんだよ」

「何を？」

「戸川美奈子って人に、どう話しかければいいのか」

「いや、だからッ。今、その計画が崩れたところなんだよ！」

「僕は『普通』が知りたいって言ってるんだよ？　資産家が道楽でやってる食器屋とか、経営してるホテルでのイベントとか興味ないよ」

「え？　え？　え？　説明聞いてたよね？　センセーは普通以下。だから私の言うこと聞いて」

「『普通以下』？」

怒りの感情は滅多に湧かない大野だが、『普通以下』という言葉に引っ掛かりを覚えた。

服がダサいと馬鹿にされようが、恋愛を知らないと言われようが、怒ることはなかった。多少なりともその自覚はあるからだ。しかし、『普通以下』はさすがに心外だ。ムッとしていると、

「え？　あ、『普通』がわからないから『普通』を教えて欲しいって言ったの誰だっけ？」

香住はさらに挑発的に大野を攻め続けた。

「ヤン＝ミルズ方程式と質量ギャップ問題わかる？　友愛数は無限に存在する？　ヒルベルトの第12問題は？」

大野は得意分野を持ち出して応戦した。普通に生きているだけなら一生耳に入ってこない専門用語を使って反撃する。

「全然わかんないけど、それがどうかした？」

香住もムキになって言い返した。

「まだ誰にも解かれていない問題だよ」

「なにが言いたいの」

「一つのことがわからないからって『普通以下』だと判断するのがどうかと思うね。世の中には分からないことはたくさんあるし、君の知らないこともたくさんあるんだからね」

「え、怒ってんの？」

「次の計画を立てよう」

大野は速足で歩き始めた。

「！　私がねッ！」

香住は、大野に負けまいと足を速めた。


数日後、香住と大野は喫茶店で今後の進め方について作戦会議をしていた。

香住が選んだ喫茶店は創業四十年以上のお店だった。食器や家具はアンティーク調で統一され、大きな窓から差し込む陽光が店内を柔らかな雰囲気にしている。

その店の一番奥にある窓際のテーブル席について、香住と大野はタブレットを覗《のぞ》き込んでいた。

「宮本さんの会社と、あの女の父親がやってるホテルチェーンがコラボして、エンターテインメントホテルみたいなのを作るみたい」

香住はタブレットを操作しながら説明した。

宮本の会社のホームページには、美奈子の父が経営するホテルチェーンのホームページへのリンクが貼られていた。クリックすると『共同プロジェクト』と名付けられたページがポップアップで現れた。

イラストではあるが、エンターテインメントホテルの完成予想図が映し出されている。香住が画面をスクロールしていくと、宮本と美奈子の父親の顔写真が現れた。宮本の笑顔に、香住の胸がチクリと痛んだ。

「それだけじゃなくてね。知育玩具をそろえた幼稚園とか、泥んこ遊びとか木登り風の遊具とかを公園に設置して、子育てに一番向いてる町を作ろうとしてんのよ。で、あの女は宮本さんの考え方に『共感』して、一緒に生きて行きたいと思ったんだってさ」

何度も読んだ二人の婚約に関する記事の内容を、香住は要約して話した。

大野はそれを聞きながら涼しい顔でコーヒーに口をつける。

「でもね、あの女は、全然何も分かってないの」

大野のおごりだから、と値段を見もせずに頼んだプリンパフェとアイスコーヒーの存在も忘れ、香住は夢中で話し続けた。

「父親が歴史あるホテルの二代目社長だから、中途半端に厳格で娘をいつも口やかましく叱ってたんだよ」

香住が知るはずもない情報を自分が見聞きしたかのように語り出すと、大野は香住の顔を凝視した。

「だからその反発で自由な子育てを推奨している宮本さんに入れ込んでるだけなの」

香住は確信を込めて言い切ると、長いスプーンでパフェの生クリームをすくい口に入れた。

「それ、ただの想像だよね」

生クリームの足場を失ったチェリーが傾く。

「私みたいに、本気で彼の考え方に賛同して、世の中を変えたいとは思っていないんだよ」

香住は手にしたままの長いスプーンを振りながら、熱弁した。

「世の中を変えたいんだ」

大野は訊ねた。

「いや、そりゃそうだよ。詰め込み暗記型受験勉強の被害者が目の前にもいるし」

静かな店内に流れるクラシックが、二人の沈黙の間をすり抜ける。

「？……あ、ぼ、僕のこと？」

大野にしては察しの早い反応に、香住は頷いた。

「楽しみもなく、常識もコミュニケーションの仕方も分からない、孤独死に突き進んでいる人を目の前に、あなたがそうですとは言いづらいけど、そうです。あなたです」

さすがの大野もそこまで言われちゃあとばかりに「分かってないんだな」と笑った。

「数学っていうのはね、暗記型の勉強だけじゃ面白さは分からないんだよ。数学っていうのはね、冒険なんだよ？　暗闇の中をさまよいながら数式を解いていくとね、ある時、不意に美しい世界が広がるんだ」

大野は饒舌《じょうぜつ》に語った。

「君、今いくつ？」

「十八」

「十八年間生きて来て、君はそういう快感を味わったことがないんだな」

大野は勝ち誇ったように言った。

「うーん、この話は、センセーが好きな人と結ばれた時にもう一回しよう」

「ああ、そうだね、君が数学の快感を知ることはないだろうから」

「社会に出たらまず役に立たない勉強をずっとやってると、ハイになるんだなー」

「『役に立たない』？」

「うん、あの、たぶんだけど、私は就職したら『素数』って言葉を思い出さないと思う」

香住は「一生」と付け加えた。

「まあ、でも君はそうだろうね」

大野は香住を見下したように肯定した。

「あ、バカにした?」

「いや、僕も普段『官僚』っていう言葉を思い出さないけど、官僚の人たちは毎日世の中のために働いているよ」

「世の中の人のためかは分からないけどね」

香住は吐き捨てた。

大野は香住を見つめた。

「君はそういう世の中をナナメに見るようなところがあるから、恋人ができないんじゃないかな」

香住は大野を見て目をしばたたいた。

「え⁉ え? センセーがそういうこと言う?」

確かに香住も恋愛経験は少ない。というか、ないに等しい。けどそれは、同じ年頃の男子はただのガキにしか見えないからだ。イケメンのくせに彼女ができない大野とは違う。同じ括《くく》りにされたことに無性に腹が立ち、香住は席を立って店を出た。

残されたプリンパフェとアイスコーヒーは結露の水滴に覆われていた。

大野は千円札三枚を店員に渡すと、お釣りも受け取らずに店を飛び出した。

「どうでもいい話はやめて、本題に入ろう」

大野は香住に追いつくと、そう声をかけた。

「『どうでもいい』？　センセーが『すうがくはァ、ボウケンだぁ！』とか言い出すからいけないんじゃん」

香住は思いっきりバカにしたような誇張した口調で言った。

「そんな言い方はしてない」

「言い方の問題じゃなくて」

「まぁいいよ、わかった。じゃあ次はどうしよっか」

考えていたよりも、この作戦に乗り気な大野に何だかムカついた香住は、一瞬押し黙った。

「……私、今ムカついてんのわかってる?」

「『ムカついてる』?」

大野は香住の言葉をなぞるように繰り返した。

「怒ってるってことッ!」

痺《しび》れを切らしたように香住が声を荒らげると、大野は笑った。

肩を小刻みに揺らしながら、いつものように「ヒヒ」と声を出す引き笑いだ。

この笑い方は人をムカつかせるスイッチだ、と香住は思う。

「『ムカつく』の意味ぐらいわかってるよ」

大野は自分の答えに一人でウケて笑い出す。

香住はそんな大野に苛立ち「あっそう、意外だね」とさらに足を速めた。

大野は慌てて香住について歩き出す。

「ムカついているの? どうして?」

やっぱりわかってない大野に、香住は軽く一つため息をついてから説明した。

「あなたは私の計画を台無しにしても平気な顔して『次の計画は?』って聞い

て来ました。私は、あなたのことを殺したい！　と思いました。なぜでしょう」

香住は怒りを込めて吐き捨てた。

大野は黙ったまま香住について歩き出した。大野には香住が激しく怒っている理由が理解できなかった。そもそも、本気で怒っているのかすら判断できない。

人は人を、そんなにも簡単に殺したいほど憎んだり、愛したりできるものなのかすらわからないのだ。これまで相手にしてきた数学の世界は奥深く、時に感動を与えてくれる存在ではあったが、感情をぶつけられたことはなかった。だから、そんな経験がない大野には、どう対処したらいいのかさっぱりわからないのだ。

「……あ、ごめん、もう一回いい？」

大野は香住の背中にすがるように言った。

「言ってもわかんないからいい！」

香住はさらに足を速めた。

「待って待ってって。ちゃんと考えるから」

「いい」

香住は大野を振り切り、歩き続けた。

「待ってもらえないかなッ」

大野は香住の前に立つと、両肩を掴《つか》んだ。

香住の顔のすぐ前、息のかかる距離に大野の顔がある。香住は一瞬の動揺のあと、大野の手を振りほどこうともがいた。

「ッ！　放してよッ」

華奢《きやしや》な大野だが、男の力はそう簡単にはほどけない。大野は香住の肩をしっかりと掴《つか》んだまま、香住を見つめた。

「僕には、君が必要なんだ」

力強く言われ、反射的に呼吸がとまった。

香住をまっすぐに見つめる大野は、心から助けを求めているようだった。

大野の澄んだ黒い瞳に映る自分の顔がはっきりとわかるほどの近距離に、反応することもできず、目を逸《そ》らすこともできず、見つめ合う。

「協力してくれる？　よね？」

大野の言葉に、香住はコクリと頷いた。

そこに自分の意思はないように感じられた。ほとんど無意識に、頷かされてしまったような感覚に、香住は動揺する。

大野はホッとして顔をほころばせると「ありがとう」と礼を言った。

初めて見る大野の笑顔に、香住は胸がバクバクと鳴り始めるのを感じた。

自分の身体の中に起きている反応なのに、それがどんな感情からくる動悸《どうき》なのか理解できず焦《あせ》る。とにかく……この心音を大野に聴かれまいと、我に返った。

「いいから、放してくれない？」

やっとの思いで言うと、大野は手を放した。

「……これからは、私の言うことちゃんと聞いてくれる？」

香住は努めて冷静に言った。

「うん」

「……センセー、意外と本気なんだね」

「……君以外に『普通』を教えてくれる人はいないから」

「そりゃ、まあ、みんなわかってることだから」

「うん……そうだよね……」

大野は踵《きびす》を返して歩き出した。香住も大野の横に並び歩く。

「今まで、僕のことが変だとわかっても、指摘してくれる人なんて誰もいなかったんだよね。ただ何となく僕との関係をやめていくだけなんだ。でも多分、それが『普通』の人たちなんだよね」

大野は穏やかに話し始めた。これまでの、どのセンセーとも違う、数学の話をするときのような早口でもなく、授業をする時のような無機質な物言いでもない、感情のこもった言葉だった。

「友達が欲しいわけじゃないから、このままでいいと思ってたんだけどさ……最近ね、このまま一生独りなのかなと思った時に怖くなってきて……全然眠れないこともあるんだよね」

大野は照れ隠しのように、少し視線を上げて空を見た。

香住はそんな大野を見上げた。

「……そうなんだ」

「今、変わらないと、多分変われない……。なんとかしたいんだ」

香住は足を止めて、大野の背中を見つめた。

「……大丈夫だよ。センセー、けっこう面白いよ」

「そう？」

大野は香住を振り返った。

「うん」

「あ、またバカにしてる？」

「してない。……私の友達なんかさ『普通』の人たちだと思うけど、くだらない陰口ばっか言ってさ、いっつも次の陰口言う相手探してるんだよ？　つまんない奴らだと思わない？　センセーと一緒にいる方が全然楽しいよ」

「そう……やっぱり『普通』も大変そうだね」

「そうだよ。『普通』って大変だよ」

香住が笑うと、大野も笑った。

第四章　恋？　の始まり？

学校帰り、駅前のいつものオープンスペースでの会話に香住《かすみ》は参加していた。本当はすぐにでも大野と次の作戦についての話をしたいところだが、いつもの流れで『普通』の女子高生を演じているのだ。

「ってかさ、キミジマって、ヤナギくんと付き合ってんのに、ガールズバーでバイトしてんだって」

サッキが鬼の首を取ったような得意顔で切り出した。

香住たちがいる場所から見える駅前広場の階段に、そのキミジマとヤナギがいた。二人はドリンクの氷が解けるのも忘れて、話し込んでいる。その笑顔を見れば、言葉の通じない宇宙人ですらサッキの情報が嘘《うそ》だと一目でわかるだろうと、香住は思った。

「え、マジで？　わー、ヤナギくんかわいそー」

エリカが大げさに声を上げた。

「教えてあげた方がいいんじゃない？」

ミキの提案に、香住以外全員が頷《うなず》いた。

「それ、情報源どこ？」

香住は思い切ってサツキに訊《たず》ねた。

「情報源て」

サツキに代わって、エリカが鼻で笑った。

「バイト先の人から聞いた」

カラオケボックスでバイトをしているユミが答えた。

「なんて？」

ミキが突っ込む。情報が確かであれば、ヤナギの耳に入れるつもりなのだろう。

「いや、ガールズバーに似てる子がいるって」

ユミの声のトーンがだんだんと落ちていく。

「似てる子……」

香住は呟《つぶや》いた。

「でも、絶対そうだって」

サツキが断言するように言うと、「やってそうじゃん。ねえ」とエリカが同調した。

この手の話はいつも、真実がほったらかしのまま終わる。真実なんてどうでもよくて、相手に悪い印象だけを植え付けて、自分の自尊心と優越感を守ろうとする。単なる負け惜しみ。

――バカみたい。

でも、そう思いながら一緒にいる自分はもっとバカだ。

『普通』にうまくやっていくためには、本心なんて邪魔なだけだと思っていた。

中途半端な正義感を振りかざして揉《も》めるより、周りに流された方が楽だと思っていた。だけど……。

心に何かが引っ掛かる。大野《おおの》のことがずっと頭から離れないせいだった。『普通』になれない大野と、『普通』に合わせて生きている自分はどっちがバカなのだろう。きっと、自分に嘘をついている方がずっとバカだ。『普通』じゃなくても、嘘をつかないセンセーの方が断然……かっこいい。

「本人に聞いてみたら？」

香住はずっと体の中で温めてきた卵をポンと産み出すように言葉を吐き出した。ずっと喉につかえていたものが取れたような爽快感が胸に染みわたる。

全員が一斉に香住を見た。香住の言葉はちゃんと聞こえているはずなのに、誰一人答えることなく、そこには重い空気だけが漂った。

「予備校終わったら、油そば食べに行かない？」

サツキが空気を変えるように言うと、「えー私今日パス」とエリカが反射的に答えた。

「どうしよ」

悩んでないようなトーンでミキが続く。

「行く？」

質問の答えは、油そばを食べるかどうかの質問に変わって香住に返ってきた。

香住は質問には答えずに席を立つと、キミジマとヤナギがいる広場の方へ向かって歩き出した。

サツキたちは「え？　え？」と顔を見合わせて、香住を目で追った。

「キミジマさん」

香住が声をかけると、キミジマが振り返った。

「変なとこでバイトしてるって本当ですか？」

不躾《ぶしつけ》な質問に、キミジマはあからさまに顔をしかめた。

「変なとこ？　つーかあんた誰？」

香住たちはキミジマを知っているが、キミジマは香住たちの存在すら知らないのだ。一方的にライバル視して、盛り上がっていたサツキたち……もちろん自分も含めてのひとり相撲に、香住は笑いがこみ上げるのをこらえた。

「あぁ、変なとこってバーのこと？」

キミジマの代わりに、横にいたヤナギが答えた。

「あ、なんだ。バイトっていうか、うちの親がやってるバーを手伝ってるだけだけど、何？」

キミジマは香住に向かって答えた。

「いやいや、バーっつってもそんなかっこいいとこじゃないよ？　商店街の人が来るだけのスナックみたいなとこ」

ヤナギが自分のことのように謙遜した口調で否定すると、「バーだから」とキミジマはムキになって言い返した。

「はいはい、バーね」

なだめるように言うヤナギに、キミジマは不満そうに口を尖《とが》らせた。

「高校生がスナック行っちゃダメでしょ」

香住が注意すると「バーね」とキミジマはあくまで呼び方にこだわった。

「親が行くから、迎えに行くんだよ。飲み過ぎるから」

ヤナギの説明に、香住は「ああ」と理解したように頷いた。

「それでよく顔を合わせるから、好きになったんですか？」

香住は思い切って尋ねた。

なぜ突然そんな質問をしたのか、自分でもよくわからなかった。けど、あの日からずっと心にこびりついている感情の正体を明らかにしたかった。

「だから誰なの、あんた？」

キミジマが香住に突っ込む。

「……なんで人って人を好きになるんですかねえ」

香住はキミジマの隣に腰を下ろした。

「何言ってんのさっきから」

「ちょっと、よくわかんなくなっちゃったんですよねえ」

自分の中では、宮本に対する感情こそが『好き』というものだと思っていた。尊敬できる人だから、考え方に賛同できるから、そんな理屈を重ねた末に人は人を好きになるものだと思っていたのに……。

「いや、わかるでしょ。あんた付き合ったことないの？」

香住は押し黙った。

「え、本当にないの？」

聞いておきながら、キミジマの方が焦る。本当に太った人には面と向かって太っている、とは言えない心理だ。

「キミジマさんは！　なんでヤナギさんのことを好きになったんですか？」

香住は答えをはぐらかすように、キミジマに訊《き》き返した。

周りに聞こえる程の大きな声に、キミジマは迷惑そうな顔で香住を睨《にら》んだ。

「や、ホントに教えてもらえません？」

懇願するように香住は言った。

「え……理由とかいる？　パッと見て、ちょっとしゃべってさあ、なんかいいって思ったらそれでいいじゃん」

キミジマは戸惑いながら言葉を紡ぐ。

「じゃあ、何回も会ってて、何回もしゃべってんのに急に好きになるって、あり得ます？」

そんなことがあるのか、この数日、自分の中に突然芽生えた気持ちを否定しながら、もしかしたら、の思いを捨てきれずにいた。

「あるよ、俺らも昔から知ってるもんな」

ヤナギが答えた。

「うん。同じ商店街だから」

キミジマが嬉《うれ》しそうにヤナギを見る。

「あ、そうなんですね。いつ好きになりました？」

「だから誰なのあんた」

「んー……あ！　祭りの日だよな」

ヤナギが思い出したように言った。

「あ、そうそう。お祭りの日。私が店出てて、で商店街の人たちが飲んでたんだよね。で最後にこの人のお父さんが残ってたの。寝ちゃってね」

「そうそうそう。で迎え行ったら一人で店片付けてたんだよな」

「手伝ってくれてね」

「どうせオヤジは寝てるし」

「うちの親も客席で寝ちゃってて。しょうがないよね」

キミジマとヤナギは思い出話に笑い合った。香住は話を聞きながら想像する。

夏祭りの二人の様子が目に浮かぶようだった。

「で二人で、店のグラスとか下げてたら……なんか……楽しかったよな」

「うん……このまま、二人でお店やりたいとか思って」

完全に世界に入った二人に、香住は「それだけ？」と疑問を投げた。

「それだけだけど」

悪い？　と言うようにキミジマが声を尖《とが》らせた。

「それだけで、なんで好きになるの？」

香住には素朴な疑問だった。

「うーん……でも、その日だよな」

ヤナギがキミジマに同意を求める。

「多分……立ち位置が変わったからじゃない？」

「立ち位置？」

「うん。いっつもカウンターの中から、この人がお父さん迎えに来るの見てたんだけどさ、その日は、一緒にカウンターの中で、並んでグラス洗ったりとかしたんだよね」

キミジマは嬉しそうに話した。

「それだけ？」

香住は理解できない、というように訊ねた。

「いや、それだけじゃないよ。グラス運んだり、テーブル拭いたりもしたよ」

ヤナギが付け加えると「そこはどうでもいい気がするけど」と息の合った感じでキミジマが突っ込んだ。

「ほら、カウンターの中ってさ狭いじゃん？　で、すごい近くで話したら、なんか……いつもと全然違って見えたんだよね」

「それさっきも言ったけど」

二人のやり取りを聞きながら、香住は自分と大野の立ち位置を考えた。勉強を教わる側の香住が大野に恋愛の手ほどきをすることで、二人の立場は逆転した。そしてヤナギが言うように、距離が近づいたことで、大野がいつもとは違って見えたことも確かだ。

でも、それだけで人を好きになるのだろうか。

香住は半信半疑な気持ちのまま、二人の話に「なるほど……」と頷いた。

次の計画の作戦会議、と香住が大野を呼び出したのは駅前のロータリーだった。

香住が時間通りに到着すると、既に大野が待っていた。一緒に買った唯一の勝負服の細身のスーツを着ている。

いつもは予備校の授業をする後ろ姿を眺めるだけだった。真正面からその立ち姿を見るのは初めてかもしれない。

香住は少し離れたところからしばらくの間大野を眺めた。

一八〇センチを超える長身なのに、薄い胸板と優しい顔立ちはどこかはかなげで放っておけないような気持ちにさせる。街路樹を見上げる、その姿は美しかった。見つめているだけで、香住は少し胸が苦しくなった。

自分の中に芽生えた気持ちの整理はまだついていない。好きという気持ちを認めたわけじゃないのに、今日は支度にいつもよりも長い時間がかかった。

服装は変じゃないか、髪は跳《は》ねていないか、肌の調子は悪くないか、センセーに気持ちを悟られやしないか……いろんな考えが頭をグルグルと巡っていた。

ふと道行く女たちを見ると、女たちは大野に視線を送っていた。それを見た瞬間、香住の緊張は一瞬にして、独占欲と嫉妬の感情に変わった。

「ヤスオミ！」

香住は小走りで大野に駆け寄ると、周りに見せつけるように腕を絡めた。

大野は戸惑いながらも、香住に従い、歩き始める。

「私のことも名前で呼んで」

香住は甘えたような声で大野に提案した。

大野は突然の提案に、身体を硬直させたまま、歩いた。

「え？　どうしたの？」

「練習だよ練習」

香住は努めて平然と言った。

「練習？」

「彼女できた時のッ！」

「ああ」

納得のいかない表情で頷く大野の横で、香住は満足そうに微笑《ほほえ》んだ。

「……秋本《あきもと》さん」

苗字《みようじ》を口にする大野に対し、香住は「下の名前だよ！」と声を上げた。

大野は黙って考えた。香住の下の名前を思い出そうとしていた。ノートに書いてある名前、成績個票にある名前、なんでもいいから思い出せと思案を巡らせる。しかし、『秋本』しか思い浮かばなかった。考えてみれば、香住のことを何も知らないのだ。

「香住だよ」

呆《あき》れたような、ムッとしたような表情で香住は言った。

「カ、ス、ミッ」

大野は聞いてから思い出したように、「ああ」と頷いた。

「はい、呼んで、どうぞッ」

香住に言われ、反射的に大野は「カスミ」と名前を口にした。

悪くない。

顔がにやけるのをこらえて、香住は「もう一回」とせがんだ。

「カスミ」

「もう一回」

何度もせがむ香住を大野は不思議顔で見た。香住は嬉しそうに大野を見ていた。目を合わせたまま大野は名前を呼ぶ。

香住は嬉しそうに「もう一回」と笑った。

昼間のカラオケボックスは貸し切り状態だった。もし、カラオケをするなら、歌声が店内中に響き渡ってしまうのではないかと思ったが、今後の作戦を立てることが目的なのだから、と大野は自分に言い聞かせていた。

そんな大野の考えをよそに、香住は部屋に入るなりドリンクと焼きそばなどの軽食を頼みながら、手慣れた感じで選曲を始めた。年上の、しかも数学バカの大野でも知っていそうな曲……最新のヒット曲ではない、誰もが知っていて、乗りやすいテンポの曲、と散々悩み、パフィーの『これが私の生きる道』を選んだ。

単調なリズムに乗せて、香住は左右に身体を揺らしながら歌い始めた。

テーブルには、二人では食べきれない量のポテトや焼きそばが並んでいる。それらには、オーダーした香住の浮かれた気持ちがよく表れていた。

大野は食べ物に手をつけるでもなく、くつろぐでもなく香住の歌を聞いていた。

「次センセーね。何か知ってる曲ない？」

歌い終わった香住は、すぐにリモコンを手に曲を探し始めた。

「え……うん……」

「この曲は？」

香住は大野との距離を少し詰めた。

「計画は？　考えられた？」

不意に尋ねられ、香住はたじろいだ。

「僕もね、相手のことを知っておかないとと思って、予習してきたんだ」

大野はカバンの中から、紙の束を取り出すとテーブルに置いた。香住はテーブルの隅に追いやられたポテトや焼きそばを見て、デートの夢から覚めたような気分になった。

「……すごいやる気じゃん」

大野はいつもの縁なしの丸眼鏡をかけると、紙の束をめくり始めた。

それらは全て美奈子《みなこ》のインスタグラムの投稿記事をプリントアウトしたもの

だった。ざっと見ても数年分はある。

「彼女の趣味は石鹸《せっけん》を作ることらしいんだよ……」

大野は写真付きの投稿を香住に見せた。

「読書をするのも日課らしくてね。特に、この作家が好きみたい」

まるで分厚い参考書をめくるように、楽し気な様子の大野を見て、香住は胸がざわつくのを感じた。

「食事は、和食が好きみたいなんだけど、それは多分お父さんの影響みたいだね。ファザコンなのかな」

美奈子に関心を持つよう仕掛けたのは自分なのに……香住はざわつきがはっきりと苛立《いらだ》ちに変わるのを感じ、必死に気持ちをこらえた。

「交友関係は幅広いんだけど、本当の友達はいない様に思えるね。うわべだけの……」

「じゃあこうしよう！」

香住は大野の言葉を遮るように声を上げた。

「彼女は今日も父親の好きな老舗料理屋でご飯を食べる予定なんだけど、最近のパターンはね……」

香住は次の計画を大野に話し始めた。

三人で食事をすると、決まって宮本と父親がビジネスの話で盛り上がり、美奈子を置いて二人で違う店に移動してしまう。

そこで、料理屋には美奈子が一人残ることになるのだ。美奈子が一人になったタイミングで大野が声をかければ、寂しい女心に付け込める。

香住の話を半信半疑で聞いていた大野だが、話が終わる頃にはすっかりその気になったようだった。

香住の予想通り、その日の夜、美奈子と宮本は美奈子の父親を伴って、行きつけの老舗料理店に現れた。そして一時間程経《た》つと、美奈子の父親は宮本と連れ立って店を後にした。

「いまだ」

店の入口が見える場所で見張っていた香住は大野にゴーサインを出した。

大野は気合を入れるように頷くと、店に入った。

「うまく行くわけねーだろ」

大野の背中を見送りながら、香住はふっと笑った。

店内は四人掛けのテーブル席が五つ、カウンターが十席ほどの広さで、入口から全体を見渡すことができた。大野はすぐに美奈子を見つけた。カウンターで一人日本酒を飲む美奈子の姿に、香住が言っていたような寂しさは感じられなかった。一人の時間を楽しんでいるように見えた。

「待ち合わせです」

大野は店員の案内を断って、美奈子に近づくと「あれ?」とわざとらしい声を上げた。

「美奈子さんですね?」

名前を呼ばれ、美奈子は驚いたように振り返った。

「はい……」

美奈子は大野の顔を見て、怪訝《けげん》そうに眉をひそめた。

「今日、ここで宮本さんとお父様に、仕事の話を聞いて頂くはずだったんですが……」

大野は淀《よど》みなく言った。もちろん香住が考えたセリフだった。前回の食器店でのような失敗は許されないというプレッシャーか、経験値なのか、思ったよりも滑らかにセリフが出る。

「あ……今さっき出て行きましたけど……宮本の友達を父に紹介するとか」

「あぁ、佐々木《さ さ き》さんでしょう」

大野は咄嗟《とっさ》に言った。

「いえ、高橋《たかはし》さんです」

「そっちか……」

美奈子は訝《いぶか》しげに大野を見た。

「あ、背の低い方ですよね？」

「いえ大きい方です」

「ああ、やっぱり」

「……あ、高橋さんの会社に行って試作品を見に行くとか」

「そうですか……この席、いいですか」

大野はそう言うと、美奈子の返事を待たずに上着を脱ぎ始めた。

「でも、今出て行ったばかりだから、間に合うかもしれませんよ？」

「ええ……でもいいんです。ビール下さい」

おしぼりを差し出す店員に注文すると、大野は美奈子の隣の席に腰を下ろした。

「約束の時間に来てるのに、忘れられてるんですから。営業しても仕方ないですよ」

「何かすみません……ウチの者が……」

美奈子は申し訳なさそうに頭を下げた。

「いえいえ、僕の営業が弱いだけなので、軽く食べて帰ります。ここは、何が美味《おい》しいんですか？」

「なんでも美味しいですよ」

大野はポケットからスマホを出すと、テーブルの上に置いた。

「なんでも美味しいですよ」

イヤフォンから聞こえて来る二人の会話に、香住は耳を傾けていた。

大野と香住のスマホは無料通信アプリを使って、通話中のまま繋《つな》がっているのだ。思っていたよりも店内の音がクリアに聞こえてくる。

大野と美奈子が食事をしている和食店の前に座り込み、スマホにつなげたイヤフォンで音を聞きながら、香住は店内の様子を想像した。

ここまでの大野は香住の作戦に忠実にセリフを言っていた。しかし、アドリブのきかない大野のことだ。美奈子は話の通じない大野をすぐに煙たがるに違いない。

いくら顔やスタイルがよくても、話がつまらない男を美奈子が相手にするわけがないと香住は高を括《くく》っていた。この作戦に初めから勝算はないのだ。

しかし、大野は香住を疑いもせずに、作戦を遂行している。

そして当の香住は作戦の失敗を願っているのだ。

「失敗しろ、失敗しろ。聞き返せッ！」

香住はニヤニヤしながら、つぶやいた。

大野に言われたあの瞬間に芽生えた気持ちがなんなのか、最初はわからなかった。

君が必要なんだ——

でも今ならわかる。

宮本への憧れとは違う、手触りのある恋を香住は初めて経験していた。

「これはなんですか？」

大野は出された小鉢を指して訊ねた。

「白子ですけど……大将、これどこの白子でしたっけ？」

美奈子は常連らしく、カウンターに立つ店主に気軽に話しかけた。

「三陸《さんりく》沖です」

店主の答えには興味も示さずに、大野は白子を凝視した。

「『白子』？」

大野が聞き返すと、美奈子は笑顔で頷いた。

「『白子』……なんですか？」

「！　……タラって魚の、精巣です」

美奈子は、大野の質問に丁寧に答えた。

「なるほど……」

大野は白子に箸《はし》をつけると「うん、美味しい！」と微笑んだ。

大野と美奈子の会話を聞いていた香住は、ふっと笑った。

『白子』に関する会話は、大野のアドリブだ。

普段から美味しいものを食べ、宮本のような大人の男と付き合っている美奈子にとって、『白子』も知らない男は、きっと眼中にないだろう。そんな安心感と、素の大野の正直で飾らない反応に、香住はニヤニヤと笑ってしまう。

「白子初めてですか？」

美奈子の声が聞こえてくる。

「ええ……これは？　なんですか？」

「……イクラです」

「ああ、イクラ、知ってます！」

大野の言葉を聞き、香住はまた笑った。

かわいい、と思った。

用意されたセリフを早口で棒読みする大野とは違う人間らしさが、そこにはあった。嘘のつけない、飾り気のない言葉は、大野そのものだった。

香住は、どうしようもない愛《いと》おしさを感じていた。

「はい、エビです。エビは分かりますよね？」

大将が大野をからかうように言いながら、揚げたてのエビの天ぷらを出した。

「エビはわかりますよ」

大野は冗談に笑顔で応え「これは何という料理ですか？」と訊ねた。

それを聞いた美奈子は、真顔になって大野を見る。

「天ぷらです」

美奈子が答えると、大野は美奈子をじっと見てから、言った。

「冗談です。天ぷらは分かりますよ」

大野が笑うと、美奈子もホッとしたような笑顔になった。

大野はエビの天ぷらを箸でつまむと冗談とも取れないような感じで「天ぷらか」とつぶやいた。

大野は、美奈子に合わせて飲みなれない日本酒を呑《の》んでいた。

普段、家では全く飲まないし、飲みに行ってもビールで乾杯する程度だ。酒は弱くはないが、飲む機会も多くはないし、どうしても飲みたいということもほとんどない。けれど、今日のお酒は美味しいと感じていた。

「注《つ》ぎます」

美奈子が酌《しゃく》を申し出ると、大野はおちょこを差し出して礼を言った。

美奈子が注《つ》いでくれた酒を飲み干すと、大野はまっすぐ前を見て話し始めた。

「僕は、数学ばかりやってきたものですから、世の中の『普通』なことが、まるでわからないんです」

「そうなんですね」

美奈子は納得したように頷いた。

「……本当は、数学者になりたかったんですけど……大学には僕よりもできる奴《やつ》が大勢いたんで……それで、あきらめてしまったんです」

酒の勢いなのか、スラスラと言葉が出て来る自分に大野は驚いていた。

大きく潤んだ瞳でじっと話を聞いている美奈子は、ため息が出るほど美しかった。

『普通』なら、こんな女性の前でなら、嘘でもかっこいいことを言って気を引きたいと思うのかもしれない、そんな考えもよぎった。

けど、同時に、この人には嘘はつけない、とも思った。

「それで、今は普通のことを勉強してるんですか？」

「はい」

「……じゃあ、これは？　わかります？」

美奈子はオクラのお浸しが入った小鉢を大野の前に差し出して訊いた。

大野は小鉢の中を眺め、答えを考えた。

冗談半分で訊いたつもりが、返答に困っている大野を見て、美奈子は「オクラです」とあっさり答えを明かした。

「『オクラ』……」

大野はオクラをしげしげと眺めて「これはやめておきましょう」とやんわりと食するのを辞退した。

美奈子は大野の行動に思わず吹き出した。

オクラを知らないことがおかしいのか、食べられないことがおかしいのか、美奈子は声を上げて笑った。そんな美奈子を大野は見つめた。

優しい笑顔だった。

「でも」美奈子は真顔になって、大野を見る。

「いいですね……いろんなことが新鮮で。うらやましいです」

微笑む美奈子に、大野は真顔になって言った。

「いやあ、良くないです。みんなが分かってることを知らなきゃいけないので」

それは大野の本心だった。

自分の世界だけで生きていれば、苦労はなかった。しかし、こうして外に目を向けると、自分がいかにちっぽけな存在か思い知らされる。

数学にばかり気を取られ、『普通』の人が経験することを何もしてこなかった。

「『オクラ』の事とか?」

美奈子は訊ねた。

「ええ、仕事だと思ってなんとか頑張ってますが……正直言って、苦痛です」

真顔で話す大野を見て、美奈子も冗談をやめた。

「……私も。よくそう思いますよ」

美奈子が呟いた。

「え、そうなんですか？」

「ええ、父が厳しかったので、今でもよく思います」

「本当に？」

「うん本当に」

美奈子は大野と視線を交わし、笑った。

冷酒で程よく酔った大野が美奈子と店を出たのは、二時間が経った頃だった。

会計の際、大野が払うと何度も言ったが、美奈子は「割り勘」と譲らなかった。

「駅まで送って行きます」

「いえ、タクシーで帰りますから」

大野の申し出を美奈子は迷いなく断った。

「そうですよね……」

あっけなく断られたことに対するショックより、初対面の男に対する態度としては当然だと、大野は自分を納得させた。

「じゃあ……大きい通りまで送って行きます」

今度は頷いた美奈子と並んで、大野は歩き出した。


自分が描いたシナリオにはない展開に、香住は動揺していた。まるで、物語に描いたキャラクターが自分の意志を持って走り出してしまったかのように、目の前にいる大野は美奈子との時間を楽しんでいる。

歩き出す二人と一定の距離を保ちながら、香住も歩き出した。

大野との電話は通話中のままだ。しかし、二人の会話を聞き始めた時のような笑みは、香住の顔にはもうなかった。

香住は何とも言えない胸騒ぎを覚えていた。

美奈子はきっとすぐに大野の『普通』じゃない部分に気が付き、拒絶するだろうと思っていた。大野が相手の言葉を九官鳥みたいに繰り返して、いつものようにすぐにフラれると思っていた。

けど、二人はいま、並んで歩いている。

その事実が、どうしようもなく香住を不安にさせた。

「今日はすみませんでした」

大野の声がイヤフォンから聞こえて来た。

「いえ、こちらこそ」

「でも、すごい楽しかったです。ありがとうございました」

「私も、楽しかったです」

見ると、大野と美奈子は大通りで立ち止まり向かい合っていた。

遠目に見ると、それはまるで別れを惜しんでいるカップルのようだった。

すぐ横の通りに、空車の赤いランプを点《とも》したタクシーがスピードを落として近づいてくる。しかし美奈子はそれを止めずに見送った。

「また、会えますか？」

大野の声がイヤフォンから聞こえてくる。

美奈子は首を横に振ったようだった。

「そうですよね。や、変な意味じゃないんです。久しぶりに楽しかったんで、またお話でもできたらなと思って……」

香住は、一刻も早く離れて欲しい気持ちで二人を交互に眺めた。

「……あのもう少し、歩きませんか？」

そう言ったのは美奈子だった。

大野はあふれ出す笑みを隠しもせずに、無邪気に頷き、二人はまた歩き出す。

二人にスピードを合わせ、香住も歩き出した。

ゆっくりとした歩調が二人の気持ちを表しているようで、香住はどうしようもなく自分がみじめになった。こんな気持ちになるなら、とイヤフォンを外そうと思うが、それもできない。

「数学をやっている時に……」

大野の声が聞こえて来る。

「唯一の趣味……や、趣味と呼べるかわかりませんけど……当時住んでいたところの近くに、裏山というか、森があったんですね。そこに、よく虫の声を聞きに行っていたんです」

「へーいいですね」

美奈子が楽し気な相槌《あいづち》を打つのが聞こえる。

「森の中には、夜行性の虫やネズミなんかがいますから、結構、音がするんですね。その彼らの声や、落ち葉を踏む……多分ネズミだと思うんですけど、小さい動物は夜行性になりがちなんですかね？　虫も夜行性のものが多いし……あ、でもサイも夜行性か……まあ話は逸《そ》れましたが」

大野は話し続けた。

「数学に行き詰まった時に森へ行くと、そういう小さい動物の足音や、木がきしんだり、風に揺れてこすれるような音が聞こえて、とても落ち着くんです」

「へえー」

香住は大野の話に聞き入っていた。

大野の声が心地よく香住の中へ入って来る。

大野が見た景色が香住の脳裏に広がった。

深い森の中、水が滴《したた》る音や風でこすれ合う葉音、小さな虫が動く音や、鳥の羽ばたきが聞こえて来る気がした。


柔らかな表情で自分の話に耳を傾ける美奈子を気にしながら、大野は続けた。

「森全体が一つの生き物で、僕もその中の一部になった様な気がするんです。数学は、既に自然界にある法則や成り立ちの一部を解明しているにすぎないんです。自然界は、既に完成されていて、常に変化もしています。きっと、世の中もそうなんでしょうね。森みたいに、いろんな決まり事に縛《しば》られているように見えるけど、それがきっと、調和や変化のために必要なんですよね。最近、また森の音を聞きに行きたくなるんです。『仕事』が辛《つら》いから」

大野は美奈子を振り返った。

美奈子は立ち止まると、目を瞑《つむ》った。

街の音に耳を傾けるようにじっと立つ美奈子を、大野は見つめた。

美しい、と思った。

好きという感情を知らない大野にとって、誰かを美しいと思うことは、もう好きと同じだった。この人が好きなのだと大野は気付いた。

美奈子がゆっくりと目を開ける。

その大きな瞳に引き寄せられるように、大野は美奈子に歩み寄った。


香住は、道路を挟んで反対側の歩道から二人を見ていた。

遠目にも二人の間の空気が熱を帯びていくのがわかる。

二人は見つめ合いながら、ゆっくりと互いの距離を縮めた。

どうしようもない焦りが香住の胸に広がった。

「わあーっ！」

香住は思わず叫び、街路樹の陰に隠れた。

大野と美奈子は香住の絶叫に驚き、夢から覚めたようにきょろきょろと辺りを見回した。しかし、既に隠れた香住を見つけることはできなかった。他に人影もなく、叫び声の正体はわからなかった。

大野と美奈子は、再び顔を見合わせて笑った。

香住が木の陰からこっそりと二人の様子を窺《うかが》っていることなど、気付かない様子で楽し気に笑っている。

いつもなら変な引き笑いをする大野が、今日は控え目に『普通』に笑った。

その自然な笑顔が、香住をまた憂鬱《ゆううつ》にさせた。

「じゃ、行きますか」

大野は美奈子に言った。

「はい」

美奈子が頷くと、大野は遠くから来るタクシーに手を上げた。

流れていたタクシーがスピードを落とし、二人の横にすっと止まった。後部席のドアが開くと、大野はドアを押さえた。

まるでシンデレラを迎えに来たかぼちゃの馬車のように、香住には見えた。

「じゃあ」

大野は、美奈子に乗車を促しながら言った。

「おやすみなさい」

「おやすみなさい」

別れの挨拶も、次の約束もせず美奈子はタクシーに乗り込んだ。

大野は美奈子を乗せたタクシーが見えなくなるまで手を振り続けた。

香住はそんな大野を見つめていた。

大野はきっと、無意識にそれをやっている。でも、香住にはその行動の理由が嫌というほど分かった。

大野がそんな感情を持つことなどないと思っていた。

きっとこちらが教えなければ相手の気持ちにも気づかず、自分の気持ちにすら気づかないまま生きていく人だと思っていた。だから放っておけなくて、気になって、どうにかしてあげたいと思った。

それなのに——

香住は踵《きびす》を返すとずんずんと歩き出した。

香住に気付いた大野が、慌てて香住を追いかける。

「ああっ！　秋本さん！」

大野の声を背中に聞き、香住は走り出した。

「ちょっと待って！」

大野は車の往来が途切れた隙に、香住がいる側の歩道へ横断する。

香住は、さらにスピードを上げると地下道に逃げ込んだ。

どうして逃げているのか、自分でもわからない。

顔を見られたくない、話したくない、違う。センセーの気持ちを認めたくなかった。

「秋本さん！」

香住を追ってきた大野が叫ぶ。その声はひと気のない地下道の中に反響した。

香住は立ち止まらずに歩き続けた。

「ねえ、さっき大声出したの君⁉」

大野は香住の背中に質問をぶつけた。

香住は質問には答えず、前を向いて歩き続けた。

「せっかくいい雰囲気だったのになんで⁉　邪魔したいの？」

同じ速度で歩いていた大野が歩幅の広さで香住に追いつき、並んだ。

「……わかんないよ」

香住は俯《うつむ》いた。

「……え、どういう感情？」

足早に歩き続ける香住に大野は質問を続けた。

「あ！　あ、あれかな？　作戦がうまく行ってないと思ってるのかな？　だったら大丈夫だから安心して。まあまあうまくいってるんじゃないかな。もしかしたら、あと一歩のところまで来てるかもしれないよ。まあでも本人に聞いてみないとわからない話ではあるんだけどね」

嬉しそうに話す大野を、香住は見た。

「僕はうまくやれた気はしてる、だから元気出して。まあ、相手のことは、わからないんだけどね。どう思う？」

珍しく自信を含んだ声だった。

息が弾んでいるのは走ったせいだけではない。

センセーの心が弾んでいるせいだ。

そう確信すると、笑いがこみ上げてきた。だけどその笑いはすぐに電池が切れたように途切れてしまった。代わりに悔しさが心の底から突き上げて来て、泣き顔に変わった。香住は大野がどうしようもなく好きなのだ。

「え？　どういう感情？」

大野は香住の顔を覗《のぞ》き込んで、戸惑ったように尋ねた。

香住は一つ呼吸を整えてから言った。

「センセー、変わったよね」

意地悪っぽく言ってしまう自分が嫌で、また泣きそうになった。

「……それは、いい意味？　かな？」

大野は期待を込めたように聞き返した。

「活《い》き活きしてる」

香住の言葉に、大野は「そう？」と照れたように目を伏せた。

感情がまるで読めなくて、数学とか計算とか、そういうちゃんと答えが出るものにしか興味がなくて、無機質で、鈍感で、そう、まるでブリキのロボット
「前は、ロボットみたいだったのに」

みたいだったのに。美奈子と話している時の大野は、違った。

まっすぐで、繊細で、正直で、人間臭かった。それが悔しかった。

だから本当は反論して欲しいのだ。いつもみたいにただ香住の言葉を繰り返し聞き返して、言ってる意味がわからないと受け流してくれたらいいと願って

いた。

けれど今日の大野の答えは『普通』だった。

「いや、自分でも不思議だよ。あの、美奈子さんって人と話していると、内容が気にならないっていうか、何の話をしてても頷けるんだよね。他の人と話してても、何の意味があるのかよくわからなかったんだけどね、彼女の話に意味なんかなくても気にならないんだ」

香住は泣きたい気持ちを必死にこらえて、言った。

「……好きなんだね」

「いや君もね、あの宮本って人が、何の意味があるのかわかんない話をしてても、気にならないっていうのはね、多分そういうことだと思うんだ」

「意味あるでしょッ！　これからの世の中のことなんだから！」

好きかどうかの質問に答えずに話をすり替える大野を、香住も的外れな反論で遮った。

「でも中身なんかないじゃないか」

宮本に対する敵対心からか、大野も反論した。

「そりゃセンセーにとっては、ヒルベルト第12問題の方が大事なんだろうけど、普通の人たちにとっては、これからの世の中がどうなって行くかの方が重要なのッ」

「よしッ、次の作戦を考えよう」

いつもなら食いつくはずの数学の話題に見向きもせず、大野は話題を変えた。

「私の話聞いてた⁉」

香住は足を止めた。

「いや、このまま平行線上の会話をしているより、別の話をした方がいいと判断したんだよ。あ！　あの店に行こう。あのお皿を売ってる人の店」

大野は意気揚々と歩き出した。

香住は大野について歩き出す。

「嫌がってたじゃん」

「彼女と仲良くなって、チャリティーイベントで話しかけよう」

「それ、私が考えたやつだから」

「わかってる。それをやろう」

「それをやりたくないって言われたんだけど？」

「あの時は必要性が低いと思ったんだよ。でも今は君の言ってたことがわかった。君が正しかったんだよ。あの時、君の言うことを聞いておくべきだったんだよ」

次に会う約束をできずに別れた美奈子のことで頭がいっぱいなのだと、香住は悟った。

「数学でもよくある。自分の直観だけで進んでいってもダメだ。行ったり戻ったりを繰り返しながら進んでいかなきゃダメなんだよ。わかるよね？」

「チャリティーイベントは、もう終わったよ」

「じゃあ、他のイベントは？」

「それに先にあの女と知り合っちゃったんだから、使えない」

「なんで？」

「だって、一緒にご飯食べてさ『また会えませんか』って誘って断られた奴が、友達のイベントに来てたら、怖いよ。こいつ、ストーカー？　って思われるよ？」

「そうなのかな？」

「そうだよ『普通』はね！」

香住の勢いに押され、大野は口をつぐんだ。

「今更『あぁ、あの時この娘《こ》が言ってたことは正しかったんだなぁ』とか思っても遅いの。恋愛っていうのはね、順序を間違ったらそこでお終《しま》い。やり直しはきかないんだよ！」

何とか大野を諦めさせようとしたが、無駄だった。

これも数学的な考えなのだろう。答えにたどり着くまで、方法を変えて何度もトライしてきたんだろうと香住は思った。

「じゃ、他の手を考えよう」

「切り替え早ッ」

「彼女は、毎朝犬の散歩に行くよね。そのコースをジョギングすれば会えるじゃないか」

「はい、ストーカー」

「彼女が月曜日と木曜日にジムに行くよね？　そのジムに行けば……」

「はい、逮捕」

「知り合いのボサノバ……」

「はい、接近禁止令！」

「……じゃどうすればいいの？」

香住は観念したように、口を開いた。

「こっちから会いに行くのは避けて、向こうが寄るところに先に行けばいいんだよ」

第五章　嘘《うそ》から出た恋

週末、香住《かすみ》と大野《おおの》は美奈子《みなこ》の職場近くに向かっていた。

香住が次に考えたのは、美奈子が最近よく立ち寄るとSNSに書き込んでいた本屋で、待ち伏せする作戦だった。

「大事なのは『たまたま』って向こうが思えるかどうかだから」

「待ち伏せしたのに、『たまたま』ってことになる？」

勝負服のスーツを着た大野が、ネクタイを直しながら訊《たず》ねた。

「じゃ聞くけど、こっちから行くのと、向こうから来るの以外に選択肢ある？」

大野は、一瞬考えて「もっとこう、自然に……」と、漠然と答えた。

「自然に？　ふっと？　二人が？　どこからともなく？」

香住はバカにしたように鼻で笑った。

「ふふ、面白いね」

「面白くないでしょ！」

香住が声を荒らげると、大野は黙った。

「いい？　もし気がついてもセンセーから話しかけちゃダメだよッ。向こうから話しかけられたら『あぁ、あなたのこと知ってるなあ』ぐらいの感じで話して」

「ああ、あなたのこと知っているなあッ」

大野は香住の言ったことを繰り返した。

「それは言わなくていいから」

香住は大野の言葉を遮った。

「あ、でも、あなたに会えて嬉《うれ》しいって感じは出すんだよ？」

「知ってる人に会えて嬉しいってこと？」

「まとめないで。気持ちの問題だから」

香住と大野は話しながら本屋へと入って行った。

その本屋はオフィス街の路面店で、規模こそ大きくはないが品揃《しなぞろ》えが豊富な書店だった。

香住と大野は、帰りの時間帯を狙って、美奈子を待ち構えた。

大野は入口から入ってすぐの新刊コーナーで立ち読みをし、香住は全体が見渡せるように奥の文房具コーナーに立っていた。

入店して三十分程経《た》った頃、美奈子は現れた。

香住は美奈子をじっと見つめる。

藤色をしたリネン混の生地のワンピースは、ウエストが大きなリボンで絞られている。フレアになったスカートからは白くて華奢《きゃしゃ》な足が覗《のぞ》き、女の香住から見ても、ため息が出るような美しさだった。

美奈子は、入店するとすぐに大野に気付き、足を止めた。束《つか》の間、美奈子は大野の背中を見つめていたが、話しかけずに俯《うつむ》くと、奥の方へと入って行った。

大野は美奈子の気配を感じながらも「自分から話しかけてはダメ」という、香住に課せられたルールを守っていた。

美奈子は平積みになっている本を手にとりペラペラとめくってはいるが、心ここにあらずと言った感じで、何度も大野に視線を送っていた。

大野は美奈子の視線を感じながらも、本をめくり続けた。

美奈子が諦めて踵《きびす》を返した。その時だった。

「美奈子さん！」

声をかけたのは大野だった。

思わず声をかけてしまった、そんな風に香住には見えた。

「大野さん」美奈子は笑顔を浮かべた。

「大野です」

大野は美奈子に近づきながら確認するように、名前を繰り返した。

向かい合った二人の間に、この間の夜の続きが始まるような空気が流れ出したのを香住は敏感に感じた。

「今、この間と同じ匂いがしたので、美奈子さんを思い出してたんです。香水か何か、つけていますか？」

大野が訊ねると、美奈子は照れたように目を伏せて「はい」と頷《うなず》いた。

美奈子と話している時だけは自然に言葉が溢《あふ》れだして来る大野に、香住はどうしようもない苛立《いらだ》ちを感じた。

「私もこの作家、好きなんです」

大野が手にしている新刊を見て、美奈子が言った。

「あ、そうですか。僕も全部読んでます。ミステリーと文学の間で、読みやすくて」

「そうですよね」

テンポのいい会話とはにかんだような笑顔には、会えて嬉しいという互いの気持ちが溢れ出ていて、香住はたまらず店を飛び出した。

「あ、今から時間ありますか？」

大野は思い切って美奈子を誘った。

「……これから、帰って食事作らないと」

それが何を意味しているかは大野にも理解できた。

婚約者の宮本《みやもと》のための食事。

食事を作って待たなきゃいけない人がいる。それは美奈子の大野に対するけん制のように感じられた。

でも……。

全く興味のない相手にはけん制すらしないだろう。

ここから先へは進んではいけない。

少しでもそう思わせることができた、その証《あかし》かもしれない。

「そうですか。じゃあ……」

大野は小料理屋のカードを美奈子に差し出した。

「僕は、ここで食べてるので、もし時間ができたら、来ませんか？」

大野を見つめる美奈子の目に少しの動揺が浮かんだ。

「あの日から『普通』の勉強のために通ってるんです。ここ、すごく美味《おい》しいので、お父さんと一緒に行くのもいいですね」

大野は美奈子が困らないように、精一杯の気遣いを付け加えてカードを渡した。

大野が付け加えた『お父さん』という言葉を免罪符に、美奈子はカードを受け取ると、また微笑《ほほえ》んだ。


「私は何をやってるんだ！」

香住は頭を抱えて、テーブルに突っ伏した。

香住を囲むように座るおじさんたちが、困ったような表情で香住を見ている。

香住は、キミジマの父親が経営する店に来ていた。

『バー』と『スナック』の線引きがよくわからない香住にも、キミジマが『バー』だと言い張ったその店が典型的な『スナック』であることはすぐにわかった。

客のネーム入りのボトルが酒の銘柄ごとに並び、グラスなどの他にもこまごまとしたものが並んでいるカウンター、雰囲気を出そうとしているが、ただ暗いだけの照明、えんじ色のコーデュロイの生地が張られたソファ、店内のどこからでも見えるようにと高い位置に置いてはあるが画面のサイズが小さなカラオケ用のテレビ。

そのどれもがこの店がスナックであることを証明しているように見えた。

そして極めつけは客だ。常連客がテーブル席を陣取って、まるで近所の寄り合い状態で、安い焼酎のボトルをチビチビとやっている。

香住はそのおじさんたちの真ん中に座り、恋愛相談をしていた。

キミジマの店に来たきっかけは偶然だった。

本屋を飛び出して、大野と別れてからトボトボと歩いていると、偶然デート中のキミジマとヤナギに出くわしたのだ。

そんなつもりはないのに、知り合いに会ったことで張り詰めていた感情が一気に溢れ出し、どうしようもなく泣けてきた。

キミジマは香住の話を聞いてやると言って、店に連れてきたのだった。

香住は、ドンっとテーブルを叩《たた》くと、おじさんたちを睨《にら》んだ。

「わかります？　私の気持ち」

カウンターの中に立っているキミジマとヤナギは、香住を見て呆《あき》れたように顔を見合わせる。

「だからその……まずその好きな人がいて……で、その人に恋人がいたから、そこに予備校の先生をあてがって、二人の仲を壊そうとしたんだよね？　うん、ここまではいい？」

香住の右隣に座っているキミジマの父親が、話を整理した。

キミジマの父親は、白シャツにスラックスという一見バーテンダーらしい服は着ているが、その上から着けた女性ものの花柄のエプロンのせいで、店のオーナーであるという威厳は微塵《みじん》も感じられない。カウンターで、酔っ払いに目を光らせているキミジマの方が、父親より貫禄《かんろく》がある。

「ややこしいんだよなッ。んなことやってねえで、同じ年ごろの男の子となかよくしたらいいんじゃないの!」

口を挟んだのは、ヤナギの父だった。

香住の左隣でゆでダコのように顔を赤らめてすっかりでき上がっていた。ろれつの回らない口調でニヤニヤしている父を、氷を運んできたヤナギが

「オヤジ、黙れ!」と睨みつける。

「あははは、息子に怒られちゃいました」

そう言いつつも嬉しそうに笑うヤナギの父の姿が、香住には新鮮だった。

一瞬、父の顔が香住の頭をよぎる。

こんな風に、父親が子供の前で酔った姿を見せたりすることなど、香住の家庭では考えられないことだった。親に悩みを相談したこともなければ聞かれたこともない。進路や成績のことには敏感だけど、それは香住のためではない。

「ごめん、気にしないで」

酔った父の代わりにヤナギが香住に謝った。

「あー、どこまでいった？　ええ、あ、そうだ、うーんと……二人の仲を裂こうとしてたら、予備校の先生の方を好きになっちゃった？」

ヤナギの父が香住の話を整理する。

「そうなのかなー」

大野への気持ちを素直に肯定できない香住は首を傾《かし》げた。

「どう見てもそうでしょ」

キミジマがカウンターから突っ込む。

「で、予備校の先生が？　誰とうまくいき……？」

話を聞いていた赤木《あかぎ》という常連客が割り込むと「それはだから」ともう一人の常連客、吉田《よしだ》が遮った。

「その……あの、その、あれだよな。そのーな、あー、好きな人の、恋人？」

吉田は話しながら香住の近くにズリズリと移動してくる。

「いやいや、好きなのは、予備校の先生だろ？」

「違う、最初に好きだった人」

香住は訂正した。

「ああ、最初に好きだった人の恋人か」

新たに来店してきた客も話に割り込んでくる。

スナックの話は筒抜け状態だ。一人が悩み事を持ち込むと、それをつまみに酒を呑《の》む。明日になったら、きっとこの話はこの商店街中に広まる。

「うるさいよ、お前は」

話がこれ以上ややこしくならないように吉田がけん制した。

「おい、恋人って誰の恋人よ」

隣のソファで眠っていたはずの客が起き上がって訊ねる。

「私、どうしたらいいかわかんないよーッ！」

まるで酒に酔ったかのような香住を見て、「あのこ、酒飲んでんの？」とヤナギがキミジマに訊ねた。

「ううん。エナジードリンク十本ぐらい飲んでる」

キミジマは呆れて言った。

「っもうー　わけわかんないよーッ！」

香住は突然叫ぶと、またテーブルに突っ伏した。

周りのおじさんたちはお手上げと言った感じで仰《の》け反《ぞ》り「わけわかんねえよ」と、呟《つぶや》いた。

見かねたキミジマがカウンターから言った。

「センセーにちゃんと言った方がいいよ」

香住はようやく助言してくれたキミジマをすがるような目で見る。

「キミジマさあん、話、聞いてました？　わたしはぁ、センセーが『普通』の恋愛ができるようにアドヴァイスしている立場なんだよー？」

エナジードリンクしか飲んでいない香住が酔った口調でキミジマに絡んだ。

ドラマで見る酔っぱらい口調そのものだ。

「酔っ払い風のしゃべり方やめて」

冷静に突っ込むキミジマに、今度は泣き真似《まね》ですがりついた。

「センセーは、あんたがどう思ってるか知らないんだから、真剣に言ってみればいいじゃん」

キミジマは真顔で香住に言った。

「わかってないなあキミジーは」

香住は席を立つと、キミジマが立っているカウンターに向かって歩き出した。

「センセーは、私と話してても全く話が嚙《か》み合わないの。なんでかわかる？　私に合わせる気がないの。でも、あの女と話してると、全く問題なくサラサラサラーとしゃべれるわけ。わかる？　あの女とは、会話の中身なんかどうでもよくて、ただ彼女としゃべってたいからだよッ。彼女と一緒にいたいの。わかる⁉」

吐き出すと、どうしようもなく虚《むな》しくなった。

全部わかっているのだ。

センセーがあの女に惹《ひ》かれていることも。

センセーが自分に興味がないことも。

センセーをどうしようもなく好きになっていることも。

「じゃ、早く忘れて同級生と遊んでな！」

キミジマは香住に吐き捨てた。

香住は何か言い返そうとするが言葉が出ない。

「わーッ！　いじめないでよう……苦しいのにぃー」

香住はカウンターに倒れ込むように、大袈裟《おおげさ》に突っ伏した。

見かねたキミジマの父が「もうちょっと優しくしてやれよ、な？」とキミジマに声をかける。常連客の吉田が席を立つと、泣いている香住の肩をさすった。

「女ってのはさあ、話を聞いてもらいたいだけなんだからさ」

ほかのおじさんたちも香住に同情し、うんうんと頷く。

「私も女なんですけど」

キミジマが不満そうに言った。

香住はカウンターに突っ伏したまま、おいおい泣き出した。酒に酔ったことはないが、酔いたい気分というのはきっとこんな気持ちだろうと思った。

何かのせいにして、気持ちを吐き出さずにはいられない、後悔とやるせなさ、どうしようもなく愛《いと》しくて、なのに素直に気持ちを伝えられない。

これはやっぱり、恋だ。

認めると、なおさら泣けてくる。

その時、香住のポケットでスマホが鳴った。

センセーかもしれない、と、香住は慌てて電話に出た。

「はいッ！」

電話の向こうから聞こえて来たのは、聞き覚えのある声だった。

「宮本功《いさお》ですが、秋本《あきもと》香住さんの携帯ですか？」

香住は指定された待ち合わせ場所で、宮本を待っていた。

「会って話したい」

宮本にそう言われ、気が付くとキミジマの店を飛び出していた。十本以上飲んだエナジードリングの代金を払い忘れたことを途中で思い出したが、明日払えばいいかと振り返りもしなかった。

「秋本さん？」

声をかけられ振り返ると、香住の前にニット帽を目深《まぶか》にかぶりマスクをつけた宮本が立っていた。いつものスーツ姿とは違い、ジーンズに白いTシャツの上から青い綿のシャツを羽織ったラフな格好だ。

一目では宮本とわからず、一瞬戸惑っていると、宮本はマスクを外して顔を見せた。

「あんまり人目につくとまずいんだよね。ほら誤解されると困るからさ」

宮本はマスクを戻し、目だけで笑った。

余計に目立ちそうな変装だな、と心の中で思いながらも香住は「はあ」と頷いた。

「少し落ち着いて話せる場所に行こう」

宮本は香住の肩に手を添えて歩くように促した。

宮本の馴《な》れ馴れしい手を見ながら、香住は立ち上がる。宮本はキョロキョロと周りを気にしながら速足で歩き出した。まるで芸能人のような警戒の仕方だった。

宮本がどこへ行こうとしているのか、分かるような、予想が外れて欲しいような気持ちで、香住は宮本について歩いた。

香住の予想は当たってしまった。

宮本が選んだのは繁華街の外れにある、ラブホテルだった。

「ま、こういうところが一番リラックスして話ができるからね」

部屋に入るなり、宮本は帽子とマスクを外した。

部屋の真ん中にはキングサイズのベッドがあり、その横にサイドテーブルがある。宮本は外したマスクと帽子をそのテーブルに置くと、くしゃくしゃと頭を掻《か》いた。

ベッドの足もとの方にある壁には薄いテレビが掛けられている。部屋の四隅に置かれている間接照明が、部屋を暗すぎず明るすぎない程度に照らしていた。

経験がない香住にも、その部屋に入る目的が何であるかは想像がつく。

目の前にいる宮本は、香住が何年も想《おも》い続けたその人だ。

穏やかで、説得力のある、もっともらしい話し方……その声のトーンや優しい口調が香住は好きだった。連絡をもらって、二人きりで会えて、嬉しいはずなのに、香住は戸惑いを隠せずに入口に立ち尽くした。

「あ、大丈夫、大丈夫、座ろっか」

宮本は、躊躇《ちゅうちょ》している香住をベッドに座らせた。慣れた感じで香住の横に座ると「で、テクノロジーの発達がこれからの世の中をどう変えていくかっていう話だったっけ」と、もっともらしい話題を口にした。

香住は不思議顔で宮本を見た。

ラブホテルに誘い込んだ目的は決まっているのに、無理に真面目な話題を口にする宮本がどうしようもなく滑稽に見えた。

「いや……私、あの、教育問題が……」

「あぁ、そっかそっか『ゆとり』から、また『詰め込み』になる危険性の話だったよね」

宮本は香住に話を合わせようとする。

「いや、新しい時代の教育のあり方を……」

「あぁ……」

適当に相槌《あいづち》を打つ宮本を、香住は冷めた目で見た。

自分を呼び出したのはたまたまなのだ、と香住は悟った。

宮本にとってきっと相手は誰でもいい、のだ。

美奈子や、その父親に縛られない自由なところで、羽を伸ばしたいだけなんだ。

宮本は意味深なまなざしで香住を見つめた。

「……君は、僕のことをわかってくれるよね」

宮本は一息置くと「うん」と自分で自分に同意したように頷き、香住に顔を近づけて、キスを迫った。

香住は、思わず身をかわして、宮本を避《よ》けた。

宮本はクスっと笑うと「大丈夫だから」と甘い声を出し、またキスを迫る。

香住は思い切り顔を背けて、身を固くした。

香住は宮本に対する気持ちが一気に冷めていくのを感じていた。あれほど好きだったのに……熱に浮かされたように宮本の事ばかり考えていた頃を思い出し、香住はなんだか悲しくなった。


「あんまり時間ないんだよね」

宮本は腕時計を外しながら言った。

さらにベッドから立ち上がり、シャツを脱ぐ。

その時、香住のポケットでスマホがブルっと震えた。

香住がスマホを確認すると、大野からのメールだった。

『来てくれたよ！』

たった一言。

なのに、その一言から大野の気持ちが嫌と言うほど伝わってきた。

香住は投げやりな気持ちになって、ベッドに身体を横たえた。

そんな香住を見て、宮本はこらえ切れない様子で、香住の上に覆いかぶさった。

「宮本さんの歳《とし》になっても、まだそんなにしたいんですか？」

香住は冷めた声で訊ねた。

宮本はストレートな質問に「君のことが好きだからだよ」と照れたように答えた。

見え透いた嘘《うそ》に香住は表情一つ変えず、宮本を見た。

「君は、僕の仕事をよくわかってくれるみたいだし」

宮本が言葉をつけ足せばつけ足すほど、香住は自分の気持ちが冷めて行くのを感じていた。

「私。小学校の頃、中学受験の勉強がすごく嫌で、やりたいことたくさんあったのに、何もやらせてもらえなかったんです。……宮本さんが、子供の考えを抑えつけないで、もっと自由な考え方を伸ばした方がいいって言ってるのを聞いて、私も高校卒業したらそういう勉強をしようと思って……」

香住の話をうんうんと頷いて聞いていた宮本は、「え⁉」と、突然飛び起きた。

「今、何て言った？」

宮本は語気を強めた。

「自由な考えを……」

香住は起き上がって言う。

「そうじゃなくてその後ッ」

香住は一瞬考えて、

「そういう勉強を」

「その前ッ！」

宮本に言われ、香住は首を傾げる。

「宮本さんが……」

「その後！」

「そういう勉強？」

「その前！」

「高校卒業したら……」

宮本は頭を抱えると全身の力が抜けたようにベッドに横たわった。

香住はそんな宮本を見て「ああ……」と納得したように微笑んだ。


大野は本屋で美奈子と別れてから、少し時間を潰して和食の店を訪れた。

初めて暖簾《のれん》をくぐる店の居心地は決して良いとは言えないものだった。しかし、美奈子が来てくれるかもしれないという希望が大野を動かした。

カウンター席に一人で座り、来られないと言った美奈子を一人待ち続けた。

本屋からいつの間にか消えた香住には、もし美奈子が来たら知らせればいい、と特に連絡もしなかった。

大野は、つまみが出てくる度に、「これは何ですか？」と、大将に料理の説明を求めた。

美奈子と飲んだ時と同じように日本酒を冷やで少しずつなめながら、ゆっくりと時間を過ごす。少し前だったら、こんな時に頭の中を支配するのは数式のことばかりだった。けど今は。

入口のドアが開くたびに、期待を込めて振り返る。何度も空振りを繰り返す自分が滑稽に思えて、ドアが開いても反応するまいと杯を重ねた。

程よく酔いが回って来た頃、またドアが開く音がした。

大野はわざと入口が視界に入らないように、前を見据えて飲み続けた。しかし、横に人が立つ気配を感じた。

どうせ違うだろう、いやもしかしたら……そんな期待と不安が混じった気持ちに決着をつけるように、大野は思い切って振り返った。

そこにはさっきと同じ、藤色のワンピースを着た美奈子が立っていた。

驚きと喜びのあまり言葉にならず、大野はただ美奈子を見つめた。

美奈子がはにかんだように笑うと、大野もようやく笑顔になった。

宮本は、備え付けの小さな冷蔵庫から缶ビールを取り出すと、乱暴にプルタブを開けて一気に流し込んだ。

「女子高生なら最初っから言ってくれよッ！」

怒りをぶつけてくる宮本に返事もせず、香住は大野にメールを打ち続けていた。

『そっちの食事終わったら、一緒に、この道通って』

大野がいる店は香住がリサーチした和食店だ。その店からホテルまでどの道を歩くか、地図に赤線を描いて指示を出した。

「大学生かと思ったんだよ！」

誰に聞かれたわけでもないのに、宮本は言い訳するように吐き捨てた。

香住は呆れたように、宮本を見て、

「同じ十八歳ですよ」

と言い返した。

「いや、女子高生はまずい」

「なんで？」

「いや、普通に考えたらわかるだろ」

香住は苦笑いで宮本を見た。

「そういう決まりごとに縛られない考え方を……」

「いや、女子高生は普通にまずい」

宮本は香住の言葉を遮った。

「じゃ、ガッコーやめてたら？」

「それなら大丈夫。え？　もうやめてる？」

「やめてない」

「なんだよ！」


美奈子は、小料理屋のカウンターに突っ伏して、顔を横に向け大野を見た。

大野はそんな美奈子を相手に話し続けた。

「僕も、だいぶ料理の材料がわかってきました。……あ、牛スジが、どこスジなのかは、まだわかんないですけど……」

穏やかに微笑む大野の横顔を見つめながら、美奈子は「たまに」と呟いた。

大野は美奈子を見た。

「わかんなくなるんですよね」

美奈子の大きな瞳が今日は一段と潤んで見えた。それが酒のせいなのか、他に理由があるのか、大野にはわからない。

「毎日、朝起きたら一緒に朝ごはん食べて、外で働いて疲れて帰ってきたらホッとできる場所を作ってあげたいな、って思ってたんです。結婚ってそういうものだと思ってて……」

美奈子は大野を見つめたまま、続けた。

「でもあの人には、そういう場所、必要ないんじゃないかなって思うんです」

夕飯を作らなければならないと言っていた美奈子が店に現れた。

それはつまり、相手が家に帰らなかったからなのだ、と大野は悟った。

帰ってこない誰かを待つ寂しさを紛らわすために、大野に会いに来たのかもしれない。

それでもいい、と大野は思った。

どうしようもなく、美奈子を愛おしく感じていた。


香住は、スマホを気にしながら帰り支度をしていた。

少し前に『店を出る』と大野から連絡が来ていた。

「ねえ、一緒に出ちゃダメなの？」

香住はわざとらしく宮本にねだった。

「それは無理だよ」

宮本はやんわりと香住を遠ざけるように言った。

「じゃあ、私が先に出ますね。部屋に残るの嫌なんで」

香住はバッグを手にすると、さっさと出口に向かって歩き出した。

香住は正面玄関の自動ドアを出ると、すぐ横にある大きな観葉植物の陰に隠れて宮本を待ち伏せた。

ホテルは入口から道路まで十メートル程のアプローチがあった。

表からは中が見えない様に、敷地は高い外壁に覆われている。徒歩で表の通りに出るにはアプローチの先にある門をくぐるしかない。

しばらくすると、宮本が自動ドアから出て来た。

香住は宮本の背後をつけて歩き、宮本が門をくぐり抜けたところで宮本の腕を組んだ。

「今日は楽しかったね！」

不意に背後から話しかけられ、宮本は「おおっ」と驚いた。

すると、目の前に、香住と宮本を見て立ち尽くす大野と美奈子の姿があった。

——ピッタリ
香住は、心の中で呟いた。

計算通りだった。

大野と美奈子が和食店を出て、歩くスピード、距離、ホテルの前を通る時間、全て香住が狙った通りだった。

美奈子は目の前にラブホテルから女と現れた婚約者を呆然《ぼうぜん》と見ている。

「な、なんで⁉」

宮本は、男と一緒に歩く美奈子を指さして声を上げた。

香住はその場から逃げるように走り出した。

「あ、秋本さん！　秋本さん！」

大野は香住に声をかける。しかし、追いかけはしなかった。

今は香住よりも、ショックを受けているであろう美奈子が心配だった。

大野は美奈子を見る。

「いや、違うんだよ」

宮本は言い訳をしながら、美奈子に近づいた。

美奈子は咄嗟《とっさ》に大野の手を取ると、ラブホテルの中へ歩き出した。

「美奈子！」

そうはさせまいと宮本はもう一方の美奈子の腕を引いた。

「違うんだって！　ちょっと話聞いてくれ！　違うんだって！」

言い訳を思いつかない宮本は、同じ言葉を繰り返すばかりだった。

「放して……放して、放してよ！」

宮本の腕から逃れようと、美奈子は宮本に膝蹴りを入れた。

「ぐッ」

宮本はうめき声をあげてその場にうずくまった。

美奈子の蹴りは、うまい具合に宮本の急所に入ったのだ。

「いってー」

うずくまる宮本を横目に、美奈子は大野の手を取って、ラブホテルの中へ入った。

少し離れた場所から見ていた香住は、夜の街の中へと歩き出した。

薄暗いホテルの一室で、大野と美奈子はベッドに腰掛けていた。

表からドアを叩く音と「美奈子」と叫ぶ宮本の声が聞こえてきた。

「あの人、あのままでいいんですか」

大野は美奈子に訊ねた。

「今会っても、ウソばっかり言うから」

美奈子はまっすぐに前を見たまま、表情一つ変えずに答えた。

「もう騙《だま》されたフリは疲れました」

大野は美奈子を見つめた。

「大野さんは、ウソなんかつかないですよね」

美奈子に見つめられ、大野は言葉に詰まった。

出会いから、嘘ばかりだ。

職業も偽った。

でも。

大野は美奈子を見た。

美奈子を好きな気持ちに嘘はなかった。

「大野さんみたいな人と、一緒に暮らせたら……」

美奈子が言いかけたところで、大野は立ち上がり、床に膝《ひざ》をついた。

いつの間にかドアを叩く音はおさまり、部屋は静寂に包まれていた。

「あの！」

大野は覚悟を決めたように、美奈子をまっすぐに見据えた。

「僕も……嘘ついてました」

美奈子は大野を見つめ、次の言葉を待った。

大野は土下座すると、頭を下げたまま言葉を続けた。

「すみませんでした！」

「僕は投資会社の人間ではなくて、予備校の講師なんです」

大野は顔を上げた。

「あなたと仲良くなりたくて、無理をしました。本当はただ一緒にご飯を食べたり、一緒に笑ったりしたかっただけで……すみませんでした」

大野はまた頭を下げた。

美奈子はそんな大野を見て、少し表情を緩めるとベッドを降りて、大野の目線まで屈《かが》んだ。

「職業なんか、どうでもいいです」

大野は美奈子を見た。

「私が気にするのは、今日会って、明日も会いたいかどうかなんです、それがずっと続くかわかんないけど……。今は、明日も大野さんに会いたいんです」

美奈子の言葉に大野は目を見開いた。

大野さんに会いたい――

美奈子の言葉を、大野は頭の中でもう一度再生した。

驚きと喜びが徐々に体中に満ちて、頬が紅潮していくのが自分でもわかった。

「また、会えますか？」

美奈子の言葉に、大野は「はい」と頷いた。

ようやく美奈子に笑顔が戻ると、大野も微笑んだ。

美奈子は立ち上がると、掌《てのひら》でスカートを払ってしわを伸ばした。

「じゃあ、あの人とちゃんと別れてきます」

そう言って笑顔で頭を下げると、美奈子は部屋を後にした。

ガチャッとドアが閉まる音で、大野はスイッチが切れたようにベッドにあおむけに倒れた。ぱりっとしたベッドカバーは火照《ほて》った顔を冷やしていく。いま自分に起こっている全てが、到底計算できない、予想外の出来事だった。

別れてきます——

美奈子の言葉が嬉しいはずなのに、大野の脳裏には宮本と一緒にラブホテルから出てきた香住の姿がチラついていた。

最終章　普通なんてどうでもいい

数日後、香住《かすみ》は自宅から予備校までの五キロほどの道のりを黙々と歩いていた。

いつもならバスを使うのだが、この日は歩きたい気分だった。

ラブホテルの一件以来、大野《おおの》と連絡を取り合うことはなかった。もちろん、宮本《みやもと》からも連絡はない。

宮本と一緒にラブホテルから出てくる決定的な瞬間を美奈子《みなこ》に見せた後、美奈子は大野の手を引き、二人はラブホテルに入って行った。

宮本への腹いせとしては、ベストな選択だったと、香住は思う。

計画通り、宮本と美奈子の仲を壊すことは成功したし、大野に『普通』の恋愛を経験させることもできた。けれど、香住の気持ちは少しも晴れなかった。

靴が地面を蹴って鳴る音が聞こえる。走っているわけでもないのに、息が上がって苦しくなった。意識していないと呼吸を忘れてしまうような気がして、長く息を吐きながら、香住は歩き続けた。


「あの日……ラブホテルで何してたの？」

予備校のいつもの席で、大野は香住に訊《たず》ねた。

ダサいシャツにスラックス、縁なしの丸眼鏡。恰好《かっこう》はいつもと同じだが、言葉にはいつもとは違う強さがこもっていた。

「わかんないの？」

「あぁ、今のは変な質問だよね。あの、ラブホテルが何をする場所かは、僕でも知ってるんだけど、その、僕が聞きたいのは……どうやって？　彼と君が、あのホテルに行くことになったのか。それとももう一点。君は僕のことをメールで呼んだよね？　あれは、何のため？」

「私が、何のためにセンセーのレンアイをバックアップしてたか、わかってんでしょ？」

香住は、腕組みして、表情一つ変えず聞き返した。

「そうだよね。君と彼がラブホテルから出てくるところを、彼女に見せるために僕を呼んだ。つまり、彼女と彼の仲を壊すために」

大野は答え合わせをするように、自分で答えた。

「そうだよ……うまくいった」

香住はそう言って目を伏せると「わーい……」と力なく笑った。

「……でも戸川《とがわ》美奈子さんから、連絡がないんだ」

「こっちも、宮本さんから連絡ないよ」

「どうしてだと思う？」

「簡単だよ、あの女はね……」

「美奈子さん」

大野は香住の言葉を聞き流さずにすかさず訂正した。

「あぁ、そんな名前だったね。あの女は自分の男と若い女が浮気してんの見て、ムカついたからあんたとヤッただけなんじゃない？」

香住はいつもよりも乱暴な口調で言った。

大野は「え？」と一瞬戸惑ったような顔をしてから、

「ちょっと誤解があるようだから言わせてもらうと、美奈子さんと僕は、肉体関係を結んでないんだ」

大野はなだめるような口調で言った。

「『結んでない？』」

香住は一瞬考えてから、大野の言葉を繰り返した。

大野は「うん」と頷《うなず》く。

「でも、宮本さんとは別れるって約束してくれたよ」

「で？」

「だから……約束したのに、なんで連絡をくれないのかなって……」

香住は大野の顔をまじまじと見て、口を開いた。

「あんた不倫してるＯＬ？」

香住は鼻で笑った。

「『あの人奥さんと別れるって言ってるの―』ってバカじゃないの？　あの女が宮本さんと別れるわけないんだよ。だって、父親が宮本さんとビジネスでガッチリ結びついてんだからさ」

どんどん乱暴な口調になる香住に、大野はあからさまに顔をしかめた。

「君は、二人を別れさせたかったんじゃないの？」

僕の味方だろ？　まるでそう言われているようで、香住は苦笑した。

「そうだよ。そうだけど……無理だってわかったんだよ」

香住はバッグからスマホを出して操作すると、画面を大野に見せた。

そこには何度となく見た宮本の会社のホームページが表示されていた。香住がブログをクリックすると、数枚の写真が現れた。

よく見ると、写っているのは宮本と美奈子だった。

子育て支援のイベントに揃《そろ》って出席している写真だった。二人とも、あんなことが起きたとは思えないほど、仲良さそうに寄り添って笑っている。

「これ、昨日のイベントの写真だよ」

香住が言うと、大野は顔を強張《こわば》らせた。

まるで胸を刺されたかのように、唇を震わせながら言葉を搾り出した。

「え……これが『普通』？」

大野は香住の顔を見た。

「……そうなんじゃない？」

香住はできるだけ感情を込めずに答えた。

大野は納得がいかない様子で、写真に視線を戻した。

美奈子の笑顔に嘘《うそ》を探そうとしたがそれはうまく行かなかった。

潤んだ大きな瞳は変わらずに美しく、それがさらに大野の心を圧迫した。

香住は大野を見つめた。

大野も香住を見た。

「君は、悲しくないの？」

表情一つ変えない香住を見て、大野は訊ねた。

「別に……」

抑揚のない返事で香住は答えた。

「え、君は宮本さんのことが好きなんじゃなかった?」

「さあ」

宮本に対する気持ちなどとっくにない。けど、美奈子を好きな大野を前にしてそれを認めることは香住にはまだできなかった。

「もう嫌いになった?」

「……彼のこと、許せる?」

香住は否定も肯定もせず、目を伏せたまま大野の言葉を聞く。

「許せるも何も……」

セックスしたわけでもないのに、と心で思いながら、事実をばらしてしまうのが惜しい気がして香住は黙っていた。

「僕は許せないッ」

「え？」

香住は視線を上げて大野を見た。

「……なんで？　あんた普通にフラれただけでしょ？」

「ビジネスに縛られるのはおかしい」

「『普通』に考えなよ。一、二回しか会ってないセンセーのために、宮本さんと別れる？　『普通』は別れないね」

「でも、彼は、君と肉体関係を結んだ」

「その言い方やめてもらえない？」

香住は困ったような顔で眉を寄せた。

「それを……美奈子さんも知ってる。それでも別れないのが『普通』？」

大野は怒りを必死にこらえるようにして言葉を絞り出した。

「一回の浮気ぐらい、許してもおかしくないいんじゃゃん？　そんくらい『普通』にあることだから」

「『普通』なんかどうでもいい！」

大野はテーブルを両手でバンと叩《たた》いた。

香住は驚いて、ビクッと身体を震わせた。

「宮本は君と肉体関係を結んだんだろう？　君と肉体関係を結んだんだ！」

大野は呪文のように繰り返し言った。

「君と寝たのに、平気な顔をして元の恋人のところに戻るのが『普通』？　そんなのは全然『普通』じゃない！　君もなんでそんなに平気な顔をしてるんだ！　もっと怒れよ！　こんな男許してもいいのか⁉　この写真を見て君はどう思ったんだよ！　傷つかなかったのか？　僕は、君を傷つけたこんな男は絶対に許せない！」

感情的に声を荒らげる大野を、香住は黙ってただ見つめた。

「君が言ってる『普通』は、何かを諦めるための口実なのか⁉　『普通はこうだから』『普通はそうじゃないから』なんで自分で決めないいんだ！　なんで自分で決めないんだよ！」

美奈子という恋人がいながら浮気をした宮本を怒っているのだと思った。

美奈子を裏切った宮本を許せないと、責めているのだと思っていた。

でも、違った。

大野は今、香住のために宮本を怒っているのだ。香住を傷つけたことに対する怒りであり、何より、傷つけられてもそれが『普通』だと諦めている香住に対する怒りなのだ。

「『普通』なんかどうでもいい！　そんなものに縛られる必要、全くないんだよ！」

大野のその言葉に、香住はなぜか、涙が溢《あふ》れそうだった。

それが何の涙なのか、初めは自分でもよく分からなかった。

分からないのに胸がじんわりと熱くなって、どうしようもなく泣きたくなった。

香住は初めて誰かに、自分を肯定してもらえたような気がした。

そして誰より『普通』に縛られていたのは自分なのだと気が付いた。


「今から行こう！」

大野は、席を立つと白衣を脱いだ。

「え？」

戸惑う香住の腕を摑《つか》んで立たせた。

「二人のところに行こう」


宮本のその日の行動は、ホームページを見ればすぐに把握できた。

今日は横浜市の市民文化会館で『大人になるための子ども時間』という講演会が行われると告知されている。開始時刻を調べるとまだ始まったばかりで、『当日券あり』と書かれていた。

香住と大野は電車で会場へと向かった。大野はあの一張羅のスーツではなく、スーパーの安売りで手に入れたという、いつものジャケットを着ていた。

どうしようもなくダサい恰好なのに、その表情は以前とは全く違っていた。

たった一度、人を好きになっただけなのに。

頼りなくて、話の通じない、一人よがりな大野は、もうそこにはいなかった。

ほとんど会話もしないまま、二人を乗せた快速電車はあっという間に横浜に着いた。

会場に着くと、大野は迷いなく当日券を二枚購入した。途中入場で定価を払うのはもったいない、と香住は思ったが、それを口に出せる雰囲気ではなかった。

大野はいつになく感情的で、周りが見えていない様子だった。

講演会の会場は、子育て世代の親たちでほぼ満席だった。

香住は空いている席を見つけとりあえず座った。後方の席からでも宮本の顔ははっきりと見えた。

グレーに青いチェック柄の入ったスーツの下に白色のワイシャツを着て、赤い模様の入ったネクタイをしっかりと結んでいる。

宮本は、マイクを持って舞台を歩き回りながら、熱く語っていた。

「これからは、テクノロジーの発達により、人間が何もしなくても済むようになるでしょう。しかしッ、だからこそ逆に？　人間の本当の力が試されるんです！」

前にも聞いたことがある話だ、と、ぼんやりと考えながら香住は宮本を見ていた。客席で聞いている聴衆は宮本の話に頷き、真剣に聞き入っている。

「子供たちのこれからは、私たちが生きてきた時代とは……」

「本質的に違うのです」

香住は宮本のセリフを、同時に呟《つぶや》いた。

何度も読んで、何度も講演を聞いて、何度も励まされてきた言葉だ。

香住は、小学三年生の二月から学習塾に通い始めた。中学受験を親に勧められ、軽い気持ちで通い始めたが、学年が上がるにつれて追い詰められた。興味のないことを無理矢理頭に詰め込んで、テストで吐き出す。その繰り返しが苦痛だった。テストの点数でクラスや席順を決められる度に、自分を否定されているような気持ちになった。

本当は他にやりたいことがたくさんあった。楽しく習い事をして、友達と遊んでいたかった。本を読んだり、歌ったり、外を駆けまわったり、そんな風に自由に過ごせる時間が欲しかった。そう気づいたのは、中学受験に失敗した後だった。

あらゆるものが選べる時代が来る――

そんな宮本の言葉にずっと支えられてきた。

宮本は、このくだらない世の中を変えてくれる希望の存在、のはずだった。

そして将来は宮本のように、誰かを救いたいと心から思ったのだ。

ずっと憧れてきた宮本との最後があんな終わり方だったとしても、これまでの感謝に変わりはないと、香住は自分に言い聞かせた。

大野は美奈子と会場の表にある広場のベンチに座っていた。

舞台袖で打ち合わせ中の美奈子を見つけた大野は、仕事の関係者を装って外に連れ出したのだ。

「ごめんなさい」

美奈子は開口一番大野に謝った。

美奈子は申し訳なさそうに顔を歪《ゆが》めて、うつむいた。

大野はそんな美奈子を見つめた。先ほどまでの怒りが不思議なくらいに引いていくのが自分でもわかった。

大野は、首を横に振った。

「あの日は、気が動転して変なことを言ってしまって……」

美奈子の口から出たのは、あの夜の約束を撤回する言葉だった。

香住が言った通りだった。

「……このままでいいんですか?」

大野は美奈子の顔を覗《のぞ》き込んだ。

「もう大丈夫なんです……誤解も解けましたから」

「『誤解』？」

「はい。なんか、あの女の子が、彼の大ファンだったみたいで……」

「はい……」

「『会ってくれなきゃ自殺する』って言われて……仕方なく……説得するために部屋に入ったって」

「……それは嘘ですよ」

大野は言った。

美奈子を傷つけるかもしれない言葉だった。けど言わなければ、香住の不名誉を認めることになりかねない。

「わかってますよね？」

美奈子は頷きもせず、大野の言葉をただ黙って受け止めた。

「あの女の子は、僕の知り合いです。教え子ですよ」

美奈子は少し驚いた表情で、大野を見た。

大野は美奈子をまっすぐに見据えて言葉を続けた。

「彼女は、自殺で脅すような子じゃありません。自分に自信があって、あなたより宮本さんにふさわしいのは自分だと思ってるんです。でも、多分それは本当の気持ちじゃない。自分が宮本さんみたいになりたいだけなんじゃないかなと思うんです」

それは、大野がこれまで香住を見て感じたことだった。

端的に、けれど的確に香住を表現した言葉は、彼女への親愛に満ちていた。

「……よく知ってるんですね」

ほんの少し意地悪さを含んだような口調で、美奈子は言った。

「いろんな話をしましたから」

大野は遠くを見て微笑《ほほえ》んだ。

世の中のことを全てわかったような口調で話す小憎らしさ。時には耳が痛くなるようなことをズケズケと言う意地悪さ。笑っていたと思ったら急に不機嫌になったり、泣き出したり、ころころと変わる表情。大人っぽさと幼さの狭間《はざま》で必死に背伸びをして、何かと闘っている、それが大野の中にある香住だ。

大野は香住を思い出して、ふっと笑った。

「彼女が言うんです。美奈子さんは、宮本さんとは別れないって。それが『普通』だって」

美奈子は押し黙ったまま、大野の言葉を受け止めた。

頷きも否定もせず、じっと前を見たまま、表情一つ変えない美奈子を大野は見つめた。

「そうなんですか？」

大野が確認するように尋ねると、美奈子はわずかに眉根を寄せて顔を歪ませた。

大野が自分を責めるために質問しているわけではないことがわかる分、美奈子の胸は痛んだ。

きっとこの人は純粋に自分からの連絡を待っていた。『普通』の感覚が理解できない大野に対して、連絡をしないことで、自分の気持ちを汲《く》んでくれというのはあまりに残酷な仕打ちだったと気付き、美奈子は苦しくなった。

「……あの人は……私の父とも仲が良くて……」

言いたいことはそんなことじゃないのに、言うべきことは他にあるのに、大野の顔を見ると、言い訳ばかりが口をついて出た。

「一緒に仕事もしてるんですよね、わかってます」

「……ですから」

『普通』の言い訳を並べて、肝心の『気持ち』を言わない美奈子に、大野は助け船を出すように尋ねた。

「いいんですか？　このままで」

「……でも、あなたと一緒には……」

「僕のことはいいんです」

大野の言葉に、美奈子は顔をあげた。

「もうわかってると思いますが、宮本さんは、あなたの望むような人間ではありませんよ」

美奈子の目にじわりと涙が浮かんだ。

ずっと見ないフリをして避けてきた。けれど、大野がそう感じるのと同じぐらいに、それ以上に美奈子は宮本に対する不安を抱えていた。

「彼がどんな人なのかは、わかってます」

美奈子は大野の顔を見ずに答えた。

「嘘ついてる時も、わかります。でも……」

詰まる美奈子を見て、大野はすべてを悟ったように言葉を引き取った。

「今のままでいいんですね」

美奈子は苦しそうに首を縦に振った。

「美奈子さんがそれでいいなら、いいんです」

大野は吹っ切れたように空を見た。

「……ごめんなさい」

「謝らないでください。それが『普通』の事なんでしょうから」

大野にそう言われ、美奈子にはもう返す言葉がなかった。

「さようなら」

大野は立ち上がると、歩き出した。

「もう少しで新しい世の中になります。その日のために新しい人間が必要なんです！」

大野が会場に戻ると、講演は終わりかけていた。大野は会場の一番後ろに立ったまま、香住を探した。

会場を見渡すと、そこにいる聴衆全員が宮本の話にうんうんと、頷いているのがわかる。

「皆さん、今日はお越しいただき、本当にありがとうございました」

宮本が締めの挨拶を始めると、会場から拍手が起こった。

「まだ少しお時間がありますので、何か、質問のある方がいらっしゃれば……」

宮本がそう言うとすっと一番に手を挙げる女性がいた。

大野が何気なく目を遣《や》ると、それは香住だった。

香住は、まっすぐに宮本を見据え、手をぴんと伸ばしている。

誰を指そうかな、と、いうように会場を見渡していた宮本は、香住の存在に気付き、あからさまに表情を強張らせた。

「じゃあ……、二列目の女性の方にマイクを」

宮本は、香住の存在を無視して、わざと香住から距離のある席の人を指した。

マイクを持ったスタッフが、指名された質問者の方へ歩き出す。

すると、香住もその人の方に向かって歩き出した。

「質問なんですが……」

指名された女性が、マイクを受け取り話し始めると、香住はマイクを横取りして、話し始めた。

「宮本さんに質問です」

香住は宮本をまっすぐに見据えて話す。

「いや……人のマイクを奪うのは良くないなあ」

宮本は困惑したように言った。

「宮本さんは、何でこんな講演をするんですか？」

香住は宮本の言葉を無視して質問をぶつけた。

「……そうですねえ、私の全ての活動の動機は、世の中をよくするためです。皆さんが少しでも幸せになるためのお手伝いがしたいんです」

宮本が答えると、会場にはまた拍手が鳴り響いた。

香住は宮本をじっと見た。

ちょうどその時、大野に遅れて美奈子が舞台袖に戻ってきた。

美奈子は客席に立っている香住に気付き、息を呑《の》んだ。

「それなら、一番身近な人を大事にしたほうがいいですよ」

香住は静かに言った。

数秒の沈黙の後、宮本は口を開いた。

「……彼女は、とってもいいことを言いますよね」

動揺をおくびにも出さず、宮本は話を続けた。

「その通りです。一番身近な人と、ずっとうまくやっていくことは難しいです」

美奈子は、複雑な表情のまま立ち尽くしていた。

「旦那さん奥さん子供に限らず、職場の人、友人、長い付き合いになって来るとついつい甘えてしまったり、付き合いが雑になってしまったり……」

香住は複雑な思いで宮本を見つめ続けた。

「とても大事な人だと思っていても、それが言葉として出てこなくなったり」

宮本の言葉を聞きながら、香住の頭の中は宮本に対する疑問で溢れかえっていた。

だったらどうして自分をホテルに連れこんだのか。

どうして何事もなかったかのようにいられるのか。

どこまでが嘘で、何が本当なのか。

美奈子を本当に愛しているのか。

「難しいですよね。当たり前の事っていうのは、本当に難しい。でもそれがお互いにわかっていれば、いつかうまく行くと思いたいですね」

宮本のきれいごとを並べただけの言葉に、客席から呑気《のんき》な拍手が起こった。

「……宮本さんの奥さんになる人は、幸せですね」

香住は吐き捨てるように言うと、踵《きびす》を返した。

出口に向かって歩き出すと、ドアの前に立っている大野と目が合った。

大野は小さく頷いて、香住のために扉を開けた。

香住は会場を後にした。

「……ああ……ありがとうございます……。いやあ、僕も、少しでもいい人間になりたいとは思っているんですけど、なかなか難しいもんですよねえ」

そんな宮本の声が、閉まりかけた扉の向こうから聞こえてきた。

会場を出た香住は、人通りもまばらな道を当てもなく歩き続けた。

大野は香住の横にぴったりとついて歩いた。

言葉も交わさずにただ歩いた。

大野が美奈子とどんな会話をしたのかは聞かなくても、『普通』に考えればわかるような気がした。

香住は、道の脇にある階段を上った。

一番上まで上りつめた先には小さな緑地があった。

緑地の真ん中を流れる小さな川沿いを歩いて行く。香住は不意に足を止め大野を振り返った。

「私も森の音、聞いてみたい」

晴れやかな顔だった。

大野は香住の言葉の意味を理解すると、やさしく微笑んだ。

森は静寂に包まれていた。

大野が話していた通り、耳を澄ますと森の音が聞こえてくる。

風の音、水が流れる音、鳥が飛びたつ音、虫の音。

香住はそれらを聞きながら、森の中を黙々と歩いた。

大野は何も言わず、何も聞かずただ進むべき方向を示してくれた。

草や落ち葉や木の枝を踏む音が、森に響き渡る。

一歩一歩踏みしめる度《たび》、足元からなにかが溶け落ちて行くような感覚があった。


しばらく行くと、目の前に大きな沼が現れた。水の力を得ているせいか、その周りの木々や草は緑がより濃く、活力に満ちて見えた。地面も空気も十分な湿り気を含んでいる。

香住は沼のほとりに立って目を閉じた。

大野も目を閉じる。

香住よりも少し早く目を開いた大野は、香住を見つめた。

「あの二人、どうなるかな」

ゆっくりと目を開け、香住は言った。

「うん……意外とうまくやっていける気もするけどな」

「そうだよね」

「うん……今まで色々とありがとう。一生分の体験をした気分だよ」

大野がまるで別れの挨拶のようなことを言ったので、香住はふっと笑った。

「大ゲサすぎるよ」

香住は思いっきり息を吸い込み、ゆっくりと吐き出した。

ずっと感じていた胸のつかえは、もうなかった。

「宮本さんのことは、いつから好きだったの？」

大野は思い切ったように訊《き》いてきた。

「……中学受験失敗した頃だから、四、五年前？」

「そう……」

「あ、バカだと思ったでしょ」

「思ってないよ……」

「そう？」

「うん。宮本さんは……君が辛《つら》い時に、言って欲しいことを言ってくれる人だったんだね」

「……そうなのかも」

今となってはどうでもいいことなのだけど、と香住は心の中で呟いた。

「僕には、できそうにないな」

大野はそう言って目を伏せた。

自分を支えようとしてくれているのか、と思うと、香住は胸が苦しくなった。

胸のつかえがやっと取れたばかりなのに。

違う。

それまでとは違う、心地よい胸の痛みに香住は答えを見つけた。

「……私……センセーのことが好き」

香住は大野をまっすぐに見据え、打ち明けた。

「……僕も君のことが好きだよ」

あっさりと返事をする大野に拍子抜けしたように香住は言った。

「いや、そういうんじゃなくて」

「『そういうんじゃなくて』？」

大野は繰り返した。

「ホントに、センセーのことが好きなの」

最初に出した言葉が通り道を作ってくれたおかげで、二度目の『好き』はすんなりと出てきた。

「……それは？　どういう感情？」

大野は香住の顔を覗き込んだ。

「まああちょっと前からセンセーのこと好きだなって思ってたんだけど、センセー美奈子さんのこと好きだったから……」

「ん、あの……君、さっきから『普通』じゃないことばっかり言ってるよ」

「え、そんなことないよ、『普通』に告白してるんだよ？」

告白を素直に受け入れないところがセンセーらしいな、と香住は思った。

「……全然、理解できないな」

「『定量的』に言わないとわかんない？」

「や……あの……僕も最初から君のことはすごく好きだよ」

好き——

そう言われても、嬉《うれ》しくはなかった。

大野の言葉に深い意味がないことを、香住は誰よりも知っている。

大野の『好き』は自分の『好き』よりも、広くて浅いのだ。

「友達としてでしょ。わかってるよ」

「『友達』？　君が？」

大野は少し考え込んでから「……それはちょっと違うかな」と付け足した。

「じゃあ、恋人？」

「それは行き過ぎだな」

「じゃあ、愛人？」

「結婚もしてないのに？」

「友達でいいよ。そういう小さい気持ちから、ゆっくり育てていけばいいから」

そうしたら、ある日突然、気持ちが芽生えるかもしれないから。

キミジマとヤナギみたいに。

私がセンセーを好きになったみたいに。

香住は自分を納得させるように頷いた。

「『ゆっくり育てていく』？」

大野は訊き返した。

「うん」

香住は優しく頷く。

「『小さい気持ちから』？」

「うん……」

「『友達でいい』？」

「うるさいな」
「ごめん」
「……なんかお腹空《なか》いちゃった」
「そうだね」

香住は歩き出そうと振り返った。
森の景色はどこを切り取っても同じように見えた。
来た道がどっちなのか一瞬迷う。
けれど、香住の胸は、来た時とはまるで別の感情で溢れていた。
大野が道を示すように、歩き出す。
香住は大野の背中を見た。
あの黄色いジャケットの後ろ姿だった。
安っぽくてダサいジャケットの背中を、いつまでも追いかけていたいと思った。

撮影：池内義浩
照明：岡田佳樹
録音：小宮元
美術：松塚隆史
編集：佐藤崇
音響効果：廣中桃李
衣裳：江口久美子
ヘアメイク：風間啓子
記録：押田智子
助監督：高杉孝宏
制作担当：田山雅也
宣伝プロデューサー：渡辺尊俊
製作：「まともじゃないのは君も一緒」製作委員会
共同幹事：エイベックス・ピクチャーズ　ハピネット
企画製作プロダクション：ジョーカーフィルムズ
　　　　　　　　　　　　マッチポイント
配給：エイベックス・ピクチャーズ

まともじゃないのは君も一緒

CAST

成田凌
清原果耶

山谷花純
倉悠貴
大谷麻衣

泉里香
小泉孝太郎

STAFF

監督：前田弘二
脚本：高田亮
音楽：関口シンゴ
主題歌：「君と僕のうた」THE CHARM PARK
エグゼクティブプロデューサー：西山剛史　金井隆治
プロデューサー：小池賢太郎　根岸洋之
共同プロデューサー：樋口優香　丸山文成　古草昌実
ラインプロデューサー：佐藤幹也

まともじゃないのは君《きみ》も一緒《いつしよ》　朝日文庫

2021年2月28日　第1刷発行

著　者　鹿目《かのめ》けい子《こ》

発行者　三宮博信
発行所　朝日新聞出版
〒104-8011　東京都中央区築地5-3-2
電話　03-5541-8832(編集)
03-5540-7793(販売)

印刷製本　大日本印刷株式会社

ISBN978-4-02-264982-9
落丁・乱丁の場合は弊社業務部(電話 03-5540-7800)へご連絡ください。
送料弊社負担にてお取り替えいたします。

伊東　潤
江戸を造った男
海運航路整備、治水、灌漑、鉱山採掘……江戸の都市計画・日本大改造の総指揮者、河村瑞賢の波瀾万丈の生涯を描く長編時代小説。《解説・飯田泰之》

市川　拓司
壊れた自転車でぼくはゆく
もうこの世に存在しない祖父と、ぼくはかつて旅をした。そこで語られたのは、精一杯自分たちの命を生きた、切ない純愛の物語。《解説・樋口柚子》

伊坂　幸太郎
ガソリン生活
望月兄弟の前に現れた女優と強面の芸能記者!?次々に謎が降りかかる、仲良し一家の冒険譚！愛すべき長編ミステリー。《解説・津村記久子》

遠藤　周作著／鈴木　秀子監修
人生には何ひとつ無駄なものはない
人生・愛情・宗教・病気・生命・仕事などについて、約五〇冊の遠藤周作の作品の中から抜粋し編んだ珠玉のアンソロジー。

江國　香織ほか
「いじめ」をめぐる物語
七人の人気作家が「いじめ」をめぐる当事者たちの心模様を、ときにやさしく、ときに辛辣な視点で競作。胸の奥にしずかに波紋を投げかける短編集。

江國　香織
ヤモリ、カエル、シジミチョウ
《谷崎潤一郎賞受賞作》
小さな動物や虫と話ができる拓人の目に映る色鮮やかな世界。穏やかでいられない家族のなか、拓人は日常を冒険する。《解説・倉本さおり》

江國 香織
いつか記憶からこぼれおちるとしても

私たちは、いつまでも「あのころ」のままだ——。少女と大人のあわいで揺れる一七歳の孤独と幸福を鮮やかに描く。《解説・石井睦美》

江上 剛
非情人事

リストラ、ヤミ金、追い落とし。生き残るのは果たして誰だ？　シビアな世界で闘う人々を描いた傑作ビジネス短編集。《解説・伊藤博敏》

江上 剛
座礁《ざしょう》 巨大銀行《メガバンク》が震えた日

未曾有の大スキャンダルに遭遇した銀行マンが、退路を断って下した勇気ある決断。ビジネスマンの矜持を描いた長編経済小説。《解説・竹花　豊》

江上 剛
抗争 巨大銀行《メガバンク》が溶融《メルトダウン》した日

三行合併したミズナミ銀行の行員が何者かに殺害された。巨大化した金融組織の呪縛が招いた悲劇を描く、長編ビジネス小説。《解説・清武英利》

片島 章三
カツベン！

無声映画の時代、しゃべりで観客を沸かせた活動弁士らの、てんやわんやの騒動を描く極上エンターテインメント。《巻末対談・周防正行×片島章三》

片岡 義男
豆大福と珈琲

息子を連れて地元に戻ってきた幼なじみの女性と、「結婚」をしないまま新しい「家族」のかたちを探っていく表題作など五編。《解説・柚木麻子》

梶永　正史
組織犯罪対策課　白鷹雨音

白昼の井の頭公園に放置されたピエロ姿の遺体。その頬には謎の英数字が……。〈鷹の目〉の異名を持つ女刑事・白鷹雨音が連続殺人鬼に挑む！

梶　よう子
ことり屋おけい探鳥双紙

消えた夫の帰りを待ちながら小鳥屋を営むおけい。時折店で起こる厄介ごとをときほぐし、しなやかに生きるおけいの姿を描く。《解説・大矢博子》

角田　光代
坂の途中の家

娘を殺した母親は、私かもしれない。社会を震撼させた乳幼児の虐待死事件と〈家族〉であることの光と闇に迫る心理サスペンス。《解説・河合香織》

海堂　尊
新装版　極北クレイマー

財政難の極北市民病院。非常勤外科医・今中は閉鎖の危機に瀕した病院を再生できるか？　地域医療崩壊の現実を描いた会心作！《解説・村上智彦》

海堂　尊
極北ラプソディ

財政破綻した極北市民病院。救命救急センターへ出向した非常勤医の今中は、崩壊寸前の地域医療をドクターヘリで救えるか？《解説・佐野元彦》

恩田　陸／序詞・杉本　秀太郎
六月の夜と昼のあわいに

著者を形づくった様々な作品へのオマージュが秘められた作品集。詞と絵にみちびかれ、紡がれる一〇編の小宇宙。